レジェンドノベルス
LEGEND NOVELS

最強船長と
最高に愉快な仲間たち
1

contents

レジェンドノベルス
LEGEND NOVELS

最強船長と最高に愉快な仲間たち 1

プロローグ

この世界は広い。高山もあれば広い海もある。砂漠もあれば草原も森林もある。人はあちこちに町や村を作り暮らしている。たまにいざこざもあるが、大きな戦いが起こるにはあまりにも数が少なかった。世界はおよそ平穏であった。

しかし十年前のある日、あちこちに前触れなく魔物が出現した。その数は瞬く間に増え、今や魔物がいない場所などほとんどない。人間たちは魔物に怯《おび》えながら孤立して暮らすしかなくなった。

とある村に住まうアレフという少年は、幼いころに亡くなった父が高名な戦士だったと聞かされた。遠い国で戦って死んだという、その経緯を母親でさえ知らなかった。

真相を知りたい。そう思ったアレフは旅立ちを決意する。魔物に満ちた荒野を渡る冒険が始まった。

……そんなこととはまったく無関係なところで、別の物語が始まる。

沈黙の鐘が鳴る

ソエル王国。

海から少し離れた平原に位置するこの場所は、かつて大国として名を馳《は》せた。十年前までは世界中からやってくる商人で城下もにぎわったが、今はそれも少ない。人々は畑仕事に出るだけでも魔物に怯える。彼らを守る兵士の数は多いが、城下に昔の活気はなかった。

夜の酒場では『昔はよかった』という嘆きばかりが響く。


ある夜、魔術師のオウルは路傍でやれやれと伸びをしていた。裏通りに小さな占いの店を出してはいるが、客は大して来ない。こんなご時世に自分の運を見たいなどという者はそういないのだ。恋する若い娘や自分の運を試したい若者、そんな奴《やつ》が引っかかればよいのだがこの日は不発だった。

いつまでも夜風に当たっているのもバカらしい。宿に帰ってもう寝ようかと思った時である。

「君、私の運勢を見てくれないか」

声をかけてきた男がいた。

背が高く手足の長い男だった。背中にしょっているのはシタールだろうか。ゆったりしているが動きやすそうな服装はこのあたりでは見かけないものだ。年のころはオウルより十ばかり上、三十を越えたあたりだろうか。日に焼けた顔は女にもてそうだ。音楽師にしてはゴツいが、武器を持っていないから戦士でもない。ちょっと得体がしれないが、どちらにせよ金はあまり持っていなそうなので無愛想に応対する。

「悪いがもう店じまいだよ。ほら、道具も片付けちまった」

「何を言う。手相観《てそうみ》とそこに書いてあるじゃないか」

男は怒りだした。

「手相を観るのに道具がいるのか。私の手はここにある。君の眼《め》はそこについてる。他に何がいるんだ」

酔っ払いか。そう思ってオウルはうんざりした。仕方ない、適当にあしらって帰らせよう。

「わかったわかった。特別に観てやるよ。さっさと手を出しな」

相手は『ほらできるじゃないか』と言いながら、ふんぞりかえって手を差しだす。

大きな手にはいくつか傷痕があった。面倒くさいのでそれ以上考えなかった。形だけ観るふりをして口から出まかせを言う。

「おお、こりゃあすごい。俺もこの商売を何年もやってるが、こんなのは初めて見た。あんたならもしかして、この世のどこかにいるという魔王を倒すこともできるかもしれないな」

魔王など、魔物がこの世に出現してから誰からともなく囁《ささや》かれるようになった与太話に過ぎない。だが酔っ払いを脅すには十分だろうと、オウルの口許《くちもと》に意地悪い笑みが浮かぶ。

「この城下を出て世界をめぐるのがあんたの運命だ、それに違いない。大したものを見せてもらったから見料はタダでいいよ」

手を離して顔を上げ、そこでオウルは信じがたいものを見た。

怯えるはずの相手が口許に不敵な笑みを浮かべ、考え込むように首をかしげていた。

「世界をめぐって魔王を倒す。それが私の運命か」

なぜだかオウルは気圧《けお》された。目の前の男はただの酔っ払い。そのはずなのに威圧される。その笑みには王者の風格すらあるように思える。

オウルはかぶりを振った。そんなわけはない。そもそも王様になんか会ったことはない。祭りの時に遠くから見たことがあるだけだ。

「バカ、冗談に決まってるだろ。出まかせだよ。失《う》せな」

そう言って身を翻す。これ以上は関わらない方がいいと直感的に思った。

「出まかせか」

男はさほどガッカリした様子でもなくうなずいた。

「だが気に入った。なるほどそういう生き方もあるな」

「は？」

思わずオウルは相手の顔をまじまじ見てしまった。それが運の尽きだった。

「よし、私は魔王を倒す旅に出るぞ。君もついてこい。君が言いだしたことだ、見届ける義務があるだろう」

「はあ？」

異議を唱えるヒマもなく首根っこをつかまえられる。

「ちょっと待ってくれ。からかっただけなんだよ。悪気はなかったんだ、冗談はやめてくれ」

「私は冗談は嫌いだ」

返ってくるのは無情な一言。

「私の名はティンラッド。職業は船長だ」

「はい？」

オウルは目を丸くする。この内陸で船長？　何を言っているのだこの男。

懐に手を入れて商売道具のひとつである『観相鏡』を取りだす。眼鏡の形のこの道具は人や魔物の『ステイタス』を自在に見ることができるものだ。もちろん、見る人間に使えるだけの『魔力』があればの話だが。

この世に蔓延《まんえん》した魔物たちにはそれぞれ『ステイタス』がある。それを見抜き弱点を突くことができれば倒すことが容易《たやす》くなる。だから観相ができるものは重宝された。

更に、人間同士でもこの方法で強さをある程度測ることができる。ただしその場合は相手の『名前』が必要だ。

名は得た。オウルは素早く相手のステイタスを見てとる。

ティンラッド
しょくぎょう：せんちょう
レベル三十五

つよさ：二百五十
すばやさ：三百
まりょく：八十
たいりょく：二百八十二
うんのよさ：三百十
そうび：わたりどりのシタール

「何だこれ」

思わず呟《つぶや》く。

このあたりの魔物の平均的な強さは百以下だ。図抜けて厄介な敵だとしても、二百を超えるものはそういない。それなのに人間の身でこの数値。どんな人生を送ったらこうなるのだ。

「あんた、何者だ」

オウルはうめいた。

「言っただろう」

ティンラッドは高らかに笑った。

「私は船長だ」

船長だったらなんなのか。さっぱりわからなかったが、

「まあ待て。ちょっと待て、ティンラッドさんよ」

オウルはあわてて言った。

「あんたが強いのはよくわかった。冗談抜きで魔物に勝てるんだろうさ。けど俺はダメだ。ステイタスを見てみろ、そうすればわかる。俺の名はオウルだ」

観相鏡を渡す。そこにはこんな数字が映っているはずだ。

オウル
しょくぎょう：まじゅつし
レベル十八

つよさ：十八
すばやさ：二十四
まりょく：二百一
たいりょく：二十一
うんのよさ：五十五
そうび：まじゅつしのころも　かんそうきょう　げっけいじゅのつえ

いや違う。幸運のステイタスは確実に下がっている。この男と関わりあった瞬間に下がった。そんな気がする。

「わかるだろ。俺は魔物と戦えるような魔術師じゃない。あんたが魔王を倒そうと世界を征服しようと自由だが、そんなことはひとりでやってくれ」

逃れようともがく。だが彼の襟首をつかんだティンラッドの力は強かった。

「さっきも言っただろう。これは君が言いだしたことだ、男なら責任を取れ。君が弱かろうが強かろうがそんなのは関係ない」

観相鏡を放ってよこす。見もしなかった。信じられない。

「よしてくれ。出まかせだって言ったろう。ほんの冗談のつもりだったんだよ」

「冗談でも自分の言葉には責任を持つことだな。それに、そんなことを言っている場合ではなくなった」

ティンラッドが急に手を放したので、オウルはその場でたたらを踏んだ。自称『船長』の双眸《そうぼう》は、町の灯《あか》りの下で鋭くあたりを見ていた。

オウルも勘付いた。空気がいつもと違う。ひりつくような緊張感が立ち込めている。

危険を察知する嗅覚には自信があった。だからこそ魔物が跋扈《ばっこ》するこんな時代にも生き延びてこられたのだと思っている。

「魔物か？」

声を低めて言った。ティンラッドが首を横に振る。

「違うな。人の気配だ」

オウルは眉をひそめた。

「盗賊団か」

不逞《ふてい》の輩《やから》はどんな時代にもいるが、近年いっそう数を増したと聞く。地道な暮らしになじめない者が徒党を組んで平穏に暮らしている人々を襲い、殺し、奪う。魔物に怯えながら生きている者たちを、更に人間が追い詰める。

「だけどここは都だぜ。兵士だって大勢いる。そんなところに襲撃をかけてくるなんて」

「その分、集まる富も多い。警備の兵が来る前に獲物を奪って引き揚げる算段だろう」

ティンラッドは静かに答える。

「たまったもんじゃねえな。俺はズラからせてもらうぜ」

オウルは後じさりした。この下町なら大抵の路地は知っている。忍び寄る盗賊たちに出くわさずに逃げおおせることもできるはずだ。

「兵士の詰め所までたどり着けたらこの事態を報《しら》せてやるよ。それが俺にできるせいぜいだ」

「何を言っている」

ティンラッドは笑った。

「君は私の活躍を見届ける役だ。決まっているだろう」

そう言うと、彼は通りの真ん中へと飛びだした。

暗がりから現れた覆面の男たちが、灯りの下へと踏みだしたところだった。真正面に躍り出たティンラッドに相手の方がギョッとした様子になる。

「なんだ、お前……」

最後まで言わせず、二人の頭をつかんでガンと打ちあわせた。あっという間に二人が倒れる。続けて長い脚が一閃《いっせん》。あごの下に蹴りをくらってもうひとりが倒れる。

残った男たちがようやく身構えたところへ、ひとりの顔に正拳突き。もうひとりの顔に横蹴り。

それですべてが終わった。瞬きする間の早業である。

「すげえ」

物陰から眺めていたオウルは思わず呟いた。ティンラッドの放つ攻撃はすべてが『会心の一撃』だ。瞬間の攻撃力はステイタスから想定しうるものの何倍にもなっている。

こんな芸当が毎回できるなら魔物だって倒せるし、人間である盗賊など敵にもならないだろう。

ティンラッドは倒した男を締め上げて何か尋ねていた。少ししてから、

「君。縄か何か持っていないか」

と物陰の魔術師に声をかける。

「オウルだよ」

言い返しながら彼は渋々前に出た。

「縛るものは持っていないが、おとなしくさせておくことはできる」

しばらく使っていなかった月桂樹《げっけいじゅ》の杖《つえ》を取りだし、倒れた男たちの周りに円を描いて呪文を唱えた。

「ソリード」

描いた円の内側が光り、すぐに元どおりになる。

「これでこいつらは二、三時間は動けない」

オウルは肩をすくめた。意識を取り戻しても、体が石になったように感じられ身動きが取れないはずだ。

「よし。君は兵士の詰め所に行って人を呼んで来い」

ティンラッドは言った。

「あんたはどうする」

「今、こいつらから聞きだした。南の城門から仲間が入って街に火をかける手はずだそうだ。火事の混乱にまぎれて略奪を働き、逃げだすつもりのようだな。私はそれを止めに行く」

言うだけ言ってすたすたと歩み去ろうとする。

「ちょっと待てよ」

オウルはあわてて呼びとめた。

「ひとりでどうにかするつもりか。盗賊団って言うからには五人や十人じゃないだろう。火も消し止めなきゃいけない。どうするつもりだ」

「そうだな。手当たり次第にぶっ飛ばすか」

「それじゃダメだろ」

苦りきった顔のオウルを、ティンラッドは面白そうに見る。

「なんだ。君はこんなことに関わりあいになりたくないのじゃなかったのか」

「ないよ。ないけど」

オウルは言葉を止める。悔しいが認めなくてはいけない。

「ここまで来て知らないふりはできないだろう。占いに金を払ってくれる奴らが素寒貧になったんじゃあ俺も困るんだよ」

「ではどうする？」

なおも面白がっている顔でティンラッドは尋ねた。

「君の魔法で盗賊をなぎ倒すか」

「悪いが攻撃呪文は習得していねえ。俺は平和主義者なんだ」

オウルは背中を向けた。

「だが俺なりに考えはある。盗賊団を一度に追い払うには、都の兵士みんなに集まってもらわなきゃダメだろう」

「呼び寄せる方策があるのか」

「ある」

「わかった。私は暴れたい。先にやっているぞ」

そう言ってティンラッドは暗闇の中に去った。


「ファーデ」

呟いて、オウルは自身に姿消しの魔術をかけた。

ティンラッドに言ったとおり、彼は攻撃型の魔術師ではない。敵を倒す呪文などひとつも身に付けていない。だがこういう『日常のちょっとした場面で役立つ呪文』なら数多く知っている。

あたりの気配を注意深く探りながら進んだ。この術は人間や魔物の目から姿を見えなくすることはできるが、実体をなくすわけではない。

視覚以外の方法で相手を認識している生物には効果がないし、姿を消すことはできても影は消せないのだ。観察力の鋭い者なら月明かりの下、影だけがそろそろと通りを横切っていくのに気づくことだろう。

だからオウルは一足ごとに細心の注意を払う。そのうちティンラッドが去った方向が騒がしくなってきた。

(あのオッサン、自分で言ったとおり暴れているらしい)

呆《あき》れたが放っておくしかない。自分のできることをするだけだ。

彼は街の中央に向かった。そこには『沈黙の鐘』と呼ばれる古い大きな鐘がある。

その鐘を鳴らすことは誰にもできない。音を出すための金属の舌がずっと昔に失われているのだ。修理すればいいだろうと思うが、街に古くから住む者は『伝説』がどうのこうのと言って直したがらない。

だがそんなことはオウルにはどうでもいい。肝心なのは、鐘を鳴らせばその音は街中に響き渡るだろうということだ。そして彼の魔術ならそれを可能にできる。

首尾よく鐘楼にたどり着いたオウルは、周囲に気を配りながら長い梯子《はしご》を登り始めた。

街路を行くティンラッドはまるで暴風だった。

怪しい一団を目にすると猛獣のごとく襲いかかる。釈明の機会など与えない。一撃必殺、瞬く間に十人を戦闘不能にする。

船での戦闘は常に揺れる足場の悪い中で行われる。天候の変化や潮の動きにも注意を払わなくてはならない。それに比べたら、大地の上での戦闘などは彼にとって児戯にも等しい。

また怪しい一団に行き会う。先頭の男が持っていた松明《たいまつ》をいきなり蹴り飛ばした。『無関係な旅人だったらどうするつもりなんだよ』とオウルならツッコんだかもしれないが、そんな配慮を彼はしない。関係なかったらその時はその時だ。

男たちが剣を抜き払うと、ティンラッドは不敵に笑った。そうでなくては面白くない。

相手の攻撃など待たない。自分から飛び込んで殴る。蹴る。武器など必要としない。徒手のままでカタをつけていく。数を頼んで挟撃してくる相手は俊敏な動きで翻弄し、同士討ちさせる。全員を倒すまでいくらもかからない。

その調子で戦いを楽しんでいると、夜空に鐘の音が高く響いた。そして、

『盗賊が来たぞ。街に盗賊団が入り込んでいるぞ』

という声がかぶさる。オウルのものだ。離れているはずなのに聞き取れるのは、何かの魔術なの

だろう。

「ふうん。考えがあると言ったのはこれか」

ティンラッドは呟いた。

寝静まっていた人々もこの騒ぎで目を覚ますだろう。戦う力のない人は警戒して戸締りを確認するし、腕に覚えがある者は武器を持って通りに出てくる。兵士たちも動きだす。盗賊たちが街に火を放っても、燃え広がる前に対処ができるだろう。

「悪くはないな。だが早すぎる」

危険のにおいを探すように天を仰いで鼻をひくつかせる。まだまだ暴れたりない。


城門近くの広場に、二十人余りの男たちが集まっていた。全員が覆面をしている。体格のいい男が他の者に指図する。

「さっさと火を放て、燃え上がってしまえばこっちのもんだ。兵士も市民も火を消す方に気を取られるからな。ここまで来て手ぶらでは帰れねえぞ。少しでも多くの金を持って帰れよ。女でも構わん」

その言葉に部下たちは下品に笑う。四方に散ろうとした彼らの前に、

「君が首領のようだな」

ティンラッドが立ちはだかった。

「なんだ、貴様」

男たちが殺気立つ。

「私か。私は船長だ」

答えた時には三人が倒れている。

「強いぞ、囲め」

「よし来い。だがそう簡単にはいかないぞ」

笑いながらひとりずつ相手取り、撃破していく。彼の素早さと的確な攻撃は、多数を敵に回しても強力な武器だった。盗賊たちが次々に敷石《しきいし》に倒れ伏していく。

「てめえ、生かしちゃおかねえぞ」

頭目の男は急いで剣を抜いた。誰から奪ったものなのか、由緒のありそうな長剣だ。一撃されれば頭が砕け散るだろう。

だがそれゆえに重い。男の動きは鈍かった。ティンラッドにしてみれば絶好のカモだ。

「甘いっ」

怒声とともに蹴撃一発。それで文字どおり『ケリ』がついた。長剣は石畳に突き刺さり、盗賊の首領は反撃もできずに石畳に倒れた。

「弱いな。弱すぎるぞ。これじゃ面白くない」

ティンラッドは舌打ちした。手ごたえがなさすぎる。

「やべぇ。逃げろ」

残っていた盗賊たちが逃げようとするのを、後ろからつかんでなぎ倒した。それから彼は更なる獲物を求め、ざわめき始めた街をまた走り始めた。

この夜、ティンラッドが倒した敵の数は約五十人。侵入した盗賊団のおよそ半分近かった。


翌日。襲撃の後始末が終わった後で、盗賊団退治に関わった民間人全員に国王から銀貨一袋ずつの報奨が渡されることになった。

ティンラッドが袋を受け取るのを、オウルは複雑な表情で見た。

「あれだけの人数をやっつけたのに、褒美がそれっぽっちとはねえ」

「別にいい」

どこ吹く風で言うティンラッドだが、昨夜は暴れすぎて最後には警備兵に取り押さえられたのだった。その際、吹っ飛ばされて負傷した兵士も少なくない。盗賊を倒すところを大勢に目撃されていたためなんとか放免されたが、十分彼も狼藉者である。警備隊としては、『こんな奴に報奨金を受け取る資格はない』と言いたいだろう。

オウルも自分が鐘を鳴らしたことは申し出ていない。非常時だったとはいえ、由緒ある鐘に魔術をかけたなどと知られたら面倒に巻き込まれかねないと思ったのだ。

しかしその結果、オウルに対する報奨金はなし。二人で銀貨一袋という、損得勘定で言えば惨憺《さんたん》たる結果に終わった。

「金のために暴れたわけじゃないからな。構わない」

「へー。船長さんは懐が大きくていらっしゃるんですな」

そう言ったオウルの言葉は皮肉だが、ティンラッドは気にしない。

「どうだ。この金で酒でも飲まないか。きれいな女の子でも集めて」

「そんなことに使っちまう気かい」

オウルは呆れた。

「旅立つつもりなら、そんな装備じゃダメだろう。武器や防具をそろえなきゃいけないし、水や食糧もいる。それを運ぶ馬だっているだろう。それくらいの金、あっという間になくなるぜ」

言っている途中で、オウルはティンラッドが笑っているのに気づいた。

「なんだいオッサン。何がおかしい」

「そりゃおかしいさ。君は旅立ちに消極的だと思っていたが、なんだ、私より積極的じゃないか」

その言葉に、オウルは痩せた頬をさっと赤らめる。

「俺はただ、あんたがあんまり何も考えてなさそうだから。俺も行くなんて言ってねえし」

「必要なものがあったらこの金で買いたまえ。私は特に必要ない」

「いや、いるだろ。剣の一本も持たずに魔物だらけの荒野に出ていく旅人なんていねえよ。じゃなくて、だから俺は行かないって。言ったろ、俺は戦闘向きの魔術師じゃないんだよ。連れていっても足手まといになるんだ」

「別にいい。だったら敵はすべて私が倒せるということだしな」

そしてティンラッドはいつものとおり不敵に笑った。

「それと、私のことは船長と呼びなさい」


こうして『陸に上がった船長』と『攻撃呪文の使えない魔術師』のパーティが結成され、どこにいるのかもわからぬ魔王を倒すためのあてのない旅に出ることになった。

ティンラッド
しょくぎょう：せんちょう
レベル三十五
つよさ：二百五十
すばやさ：三百

まりょく：八十
たいりょく：二百八十二
うんのよさ：三百十
そうび：わたりどりのシタール

オウル
しょくぎょう：まじゅつし
レベル十八

つよさ：十八
すばやさ：二十四
まりょく：二百一
たいりょく：二十一
うんのよさ：五十五
そうび：まじゅつしのころも　かんそうきょう　げっけいじゅのつえ

彼らの未来に幸あれ。

そのころアレフは

鐘の音が響き渡った時、アレフは王都にいた。ケンカ友達のロナルドとちょっと高飛車なハンナ、幼なじみ二人に付き添われ、ソエルの城下町の長老であるオルドから亡父の思い出を聞いていた。

「おお、『沈黙の鐘』が鳴る」

昔話を中断し、オルド老は震えた。

「古い伝説に言う。『あの鐘が鳴り響く時、世界の運命が動き、地に勇者が誕生する』。アレフよ、お前がこの街を訪れていたのも運命かもしれぬ。この鍵を使いなさい。お前の父が遺《のこ》したものがそこにある」

そして秘密の地下通路での冒険を経て、アレフは特殊武器『焦熱の剣』と、『魔物が世界に現れた謎を追って旅立つ。手がかりはトーレグの町にあるはず』と書かれた父の手記を発見することになるのだが。

それはまた、別の話。

第1章

雪と氷の町

北への道

「やれやれ」

どこまでも続く平原を眺めて、オウルはため息をついた。

季節は秋も終わりに近づいている。真夏には大人の胸あたりまで伸びてそよぐ草丈も、今は膝より低い。空を見れば南へ渡る鳥の群れが見えた。

オウルとティンラッドは王都を離れ、北へ向かっていた。目指すはトーレグの町。ソエル王国の一角だが、魔物がはびこる現状では人の行き来も稀《まれ》になっている。町が今も存在しているのかすら、行ってみなければわからないのだ。


安易に城下町を出ることにオウルは最後まで反対したが、ティンラッドの決意は揺るがなかった。

こんなアレな人を相手に、『魔王を倒せ』などとけしかけることをどうして言ってしまったのだろうか。あの夜の自分をオウルは心底から呪った。

そしてこの自称船乗りを説得することは不可能だと理解した時、彼は両手を上げて言った。

「わかった。諦めたよ、もうこれ以上言わない。それでこの街を出てあんたはどこへ行くつもりだ。王国なんて名ばかりの今のソエルだが、少なくとも国内に魔王はいないと思うぜ。だとしたら北へ行って国境を目指すか、南へ行って海に出るかだ。あんたが得意そうなのは南の方だな」

問いかけられて、ティンラッドはすぐに返答した。

「北だ」

「陸路か」

オウルは少し意外だった。ティンラッドが即答したことも、その選んだ方位も。

「で、その心は？」

「簡単だ。私はこの十年、ずっと海で暮らしてきた。海では魔王には遭わなかった。だから魔王という奴《やつ》がいるのなら、そいつは陸にいるんだろう」

「なるほど」

呟《つぶや》いてからオウルは、『魔王を倒す』というたわごとが現実味を帯びた気がして背筋が寒くなった。少なくともティンラッドは本気で魔王を倒そうと考えている。そんなことに付きあわされることになった自分の運命は……。

（考えただけでお先真っ暗だ）

確かにティンラッドは強い。だが、それが魔王に通じるかどうかはわからない。そして自分は弱い。そこらにいる魔物にも太刀打ちできない。

仲間を増やそう。オウルは思った。

ティンラッドと同程度はムリだとしても、そこそこに剣の使える戦士があと二人くらい必要だ。

攻撃呪文の使える魔術師も欲しい。そして回復呪文を操る神官だ。最低限これくらいとして、それ以外にも仲間は多ければ多いほどいい。もちろん全員が自分より強くなくてはならない。それは必須条件だ。

そしてパーティが飽和状態になったあたりで自分は姿をくらまそう。そのころになれば役立たずの自分がいないことなど、ティンラッドは気にも留めないだろう。

瞬時にそう計算して、オウルは酒場に行くことを主張した。旅人が集まると言えば酒場だ。魔物だらけの荒野を旅して城下町にたどり着いた者なら、当然腕に覚えがあるだろう。そこで使えそうな奴を見つけて仲間にする。

オウルはそう目論《もくろ》んだのだが、そうは問屋がおろさなかった。

「ダメだな。気にくわない」

どんな戦士をティンラッドに紹介しても、『船長』は一言で却下してしまう。しかも理由はと問えば、

「顔が気にくわない」

「そのひげが嫌だ」

「つまらん」

などなど、くだらないものばかり。本人は酒を飲みながら、店の女の子と顔をニヤつかせてしゃべっている。

「おい船長。ちょっとは真剣になれよ。自分の命がかかってるんだぞ」

オウルの声もつい高くなる。

「仲間なら君がいる。そんな人たちは必要じゃないぞ」

「だから俺は役に立たないって言ってるだろうが。攻撃呪文が使えねえんだよ」

オウルは癇癪《かんしゃく》を起こしてわめくが、ティンラッドは知らんぷりだ。

「君が悪い。みんな面白くなさそうな人ばかりじゃないか。そんな人たちと顔を突きあわせて旅をしても楽しくない」

「楽しい楽しくないの問題じゃねえんだよ。なんでそれがわかりませんかね、この船長さんは」

オウルの堪忍袋の緒が切れかけた時、

「兄さんよ。黙って聞いてりゃ好き放題言ってくれるじゃねえか」

声をかけた戦士のひとりが前に進み出た。不採用通知を突き付けられた者たちが後ろにずらりと並ぶ。

「そっちから声をかけておいて、人をぼろくそに言うとはどういう了見だ。ケンカ売ってるのか」

「悪かったよ」

オウルはなんとか場を収めようと下手に出た。

「うちの船長は気難しいんだ。俺はあんたたちに不満はないんだが」

「お前にゃ聞いてないんだよ、三下」

戦士に押されると、痩せて小柄なオウルは簡単に引っくり返る。

「そっちの船長さんとやらに話があるんだ。えらく威張りくさっているが、船乗りが陸に上がって何ができる」

剣を抜いた男を、ティンラッドはつまらなそうに見た。

「私は仲間を募集した覚えはないからな。オウルが勝手にやったことだ、そっちと話をつけてくれ」

「そのクズ魔術師はお前の手下だろうが。なのに頭《かしら》が『知りません』じゃ話にならねえ。そう思わねえか」

ティンラッドはちょっと考えた。

「なるほど、確かにそうだ。オウルは私の仲間だ。仲間のやったことにはケジメをつけなくちゃいけないな」

「話がわかるじゃねえか」

戦士はニヤリと笑った。

「ということで死ねや、この野郎」

剣が振り上げられる。手にした酒を飲み干したティンラッドは、襲いかかる刃をひょいと避けた。相手が剣を構え直す前に、横面に拳が炸裂《さくれつ》する。一撃で男は崩れ落ちた。

他の連中が殺気立った。互いに息を合わせて襲いかかってくる。ヤバいとオウルは思った。

ティンラッドは強い。だが相手の数が多い。加えて船長は相変わらず徒手空拳だった。いや、背中にシタールを背負っている分だけ不利だ。

こんなケンカが起きた時のため、酒場には攻撃呪文を無効にするまじないがかけてある。だが魔術師たちも殴ったり蹴ったりすることはできる。取り囲まれたらいかにティンラッドでも手も足も出ないのではないか。もちろん自分にも勝ち目はない。とっさに彼は月桂樹《げっけいじゅ》の杖《つえ》を床に向けた。

「船長、足場！」

とだけ叫んで、すぐに呪文を唱える。

「レスバロン」

酒場や神殿では『攻撃呪文』は使えない。だが、攻撃呪文でなければ話は別だ。

ティンラッドに襲いかかろうと足を踏みだした戦士がよろけ、後ろの拳闘家も不様に転んだ。

オウルが使ったのは摩擦係数を下げる呪文だ。重いものを運ぶ時に使うのが本来の用途だが、今は立っている者たちの足元を危うくし移動を妨げるために使用した。この隙に逃走と行きたいところだが、

「ふうむ。これは面白いな」

逃げる気などまったくない者がいた。

オウルの声に反応して、ティンラッドは素早く机に上がっていた。そこから他の机や椅子にひらりひらりと跳び移っては、殴りかかろうとする相手に蹴りをくらわし倒していく。長身なのに身が

軽いのは、船で鍛えたためだろうか。

「船長、逃げようぜ」

オウルは気が気でない。

「逃げる？　なんで逃げるんだ。面白いぞ、君もやってみろ」

ひょいひょいと移動しながら、ティンラッドは楽しげに客たちを倒していく。

「面白くねえよ。ずらかるためにやったんだよ、いい加減にしろよオッサン」

癇癪を起こすが、もちろんティンラッドは聞いていない。

「この魔術師め。床をもとに戻せ」

神官くずれの男が殴りかかってきた。僧服を着ているくせにやけに筋肉が隆々としている。逃げようとしたオウルは自分の術で足を滑らせ引っくり返った。それが幸いして、相手の拳は酒場の壁にぶち当たる。

「痛ぇ。ちょろちょろするな、この野郎」

怒りを増した男のあごにティンラッドのつま先がくい込んだ。

「この程度の奴に恐れをなしていたらやっていけないぞ、オウル」

何が楽しいのか高笑いする。

「だから俺は、戦闘には役に立たないって言ってるだろ」

オウルは何度目かのむなしい自己主張をした。

その後もティンラッドは暴れ続け、最終的に酒場に集まっていた客全員を倒してしまった。どこまでがケンカを吹っかけてきた奴らで、どこからがとばっちりをくらっただけの客なのか確かめようがなかった。

「運動にはなったな」

ティンラッドは服のホコリを払い、

「騒がせてすまなかった。取っておいてくれ」

もらったばかりの銀貨の袋をぽんと店主に渡し、すたすたと店を出る。オウルはあわてて後を追った。そして酒場においてきたのが、正真正銘ティンラッドの有り金全部という厳粛な事実を知った。

だがすべては後の祭り。金を取り戻すなどみっともないとティンラッドは承知しなかったし、交渉してもムダだろうとオウルも思った。自分が店主なら、もらった金を返したりなど絶対にしない。

オウルは自分の貯金をはたいて船長の宿代を精算し、旅立ちのための水や食糧、薬草や毒消しなど必要なものも買い集める破目になった。

費用の点では完全にマイナスからの出発である。縁起が悪いことこの上ないとオウルは思った。それから縁起なんか最初から悪いに決まっていたと思い直して、ますます暗い気持ちになった。

最後にぼろぼろの荷車と老いぼれのロバを買い足した。唯一、救いだったのは徒手空拳と思われたティンラッドが宿に装備をおいていたことである。

彼の武器は二振りの刀で、それぞれ『新月』と『皓月《こうげつ》』という銘があった。防具は革の胴着である。オウルには軽装に見えるし、片刃の見慣れない武器には疑いの目を向けたが、

「私にはこれが一番戦いやすい」

というティンラッドの簡潔な表明に言うべきことはなかった。所詮、オウルは戦闘については素人だ。戦う者の意見を信じるしかない。その『戦う本人』の技量と装備にオウルの命まで委ねられているところが問題だが。それもほぼ強制的に。

もはや運命に抗《あらが》うすべはない。新しい武器や防具を買い与えなくて済んだだけマシだった、と考えることにした。

そして北へ向かって歩きだし、早くも数日。

道中では様々な魔物が襲いかかってきたが、ティンラッドが難なく倒してしまった。確かに彼は強い。おかげでオウルのレベルも上がった。

『レベル』というのは魔物の登場と一緒にこの世に出現した概念だ。その仕組みはまだよくわかっていないが、とにかく魔物と戦えば戦うほど上がっていく。そして上がれば上がるほど魔物への攻

撃が通りやすくなる。物理攻撃でも魔法攻撃でも変わりはない。

レベルが高い者ほど魔物に対しては強い。これは絶対の真理である。

だが単純にレベルが高い者が歴戦の勇者かというと、そうでもない。オウルのように直接魔物に攻撃をしなくても、戦闘に参加していればどういうわけだかレベルが上がるのだ。攻撃呪文を使えない魔術師であるオウルがそこそこのレベル持ちだったのも、この事情による。

生まれ故郷からソエル王国まで、彼はあちらこちらを放浪してきた。人数の多いパーティなら補助呪文要員として参加させてもらえる。旅した距離だけならそこらの剣士より豊富な経験を持っているとオウルは自負していた。

その彼も、たった二人であてのない旅に出るような心細い破目に陥ることになるとは予想だにしていなかったが。


城下町を出てから何組目かの草原オオカミの群れをティンラッドが全滅させたのを片目で確認してから、オウルは曇り空に目を移した。

「うう、寒い。なんだか風がえらく身にしみやがる」

北風に身を震わせる。彼が羽織っているのは魔術師なら誰でも持っている一般的な衣だ。夏冬問わず着られると言えば聞こえはいいが、『夏でも大丈夫』というだけあって生地が薄い。

いっぽうティンラッドは、オウルの貯金で秋物の外套《がいとう》を買っていた。新しい服は長身の船長に似合っているが、それが自分の金で買われたと思うとオウルは面白くない。

「雲行きがおかしいな。夜には降ってくるぞ、オウル」

ティンラッドは北に低く垂れこめる雲を見て眉をひそめた。

「勘弁してくれよ。この上、雨に打たれたら凍えちまう」

震えながらオウルは言った。

「雨ならいいがな」

ティンラッドの表情は険しい。

「海での荒天は命に関わるからな、雲の具合を読むことには多少自信がある」

黒い瞳がまっすぐに空を見上げる。

「荒れるぞ」

オウルはとっさに老いさらばえたロバを振り返った。地図で見たトーレグの町までの旅程を思い浮かべる。

「どうする、船長。ここで夜を過ごして雨をやり過ごすか。それとも」

疑いはしなかった。だいたい、命なら既に彼に預けている。成り行き上仕方なくだとしても。

「町までどのくらいだ」

「半日ってとこだな、このロバじゃ。地図が正しければの話だが」

ティンラッドは少しの間考えて、すぐに決断した。

「突っきろう。私のカンじゃ待っていてやり過ごせる天気じゃない。ロバが十分草を食べたら出かけるぞ」

「わかった」

ロバが草を食《は》んでいる間に、オウルはまじないの準備をする。雨除《あめよ》けの呪文、寒さ除けの呪文。出発するまでにやっておくことは山ほどある。ティンラッドは厳しい表情のまま北の空を睨《にら》み続けていた。


その数時間後。

「なんだよ、この天気はいったい！」

正面から吹き付ける雪と風に、オウルは悪態をつき続けていた。

休憩を取った場所からしばらく進むと雪がちらつきだした。秋も終わりとはいえ雪にはまだ早いが、その時はまだ『こんなこともあるか、運が悪い』と思うくらいだった。

だがある地点を越えると、まるで違う世界に入り込んだように景色が変わった。振り返れば、秋の草原が風に揺れている。なのに眼前に広がるのは一面の銀世界だ。

驚く間もなく、またしても魔物たちが前に立ち塞がる。雪ウサギ、雪オオカミの群れ、雪グマ。どれも草原に出るものより凶暴で攻撃力も高い。それでもティンラッドは涼しい顔で倒していく。

だから魔物よりも、雪と激しい風の方が難敵だった。

「方角はこれで合っているのか」

ティンラッドが尋ねる。オウルは風上に背を向けて、地図に魔磁針を当てた。通常の磁針は強い魔物が近くにいると影響を受け、正しい方角を指さなくなる。魔力を帯びたこの道具だけが旅人の味方だ。

「大丈夫だ。それにしても」

風に飛ばされる前に魔磁針と地図を懐にしまい、オウルは凍えた自分の指をさすった。

「この季節にこの雪嵐、どう考えたっておかしいぜ。おい船長。この天気じゃ十分歩くごとに方位を確かめなくちゃ進めねえ。そしてそんなことをやってる間に、俺たちもそのロバもくたばっちまう」

「そうだな。やはりこの上着ではちょっと寒いな」

ティンラッドは外套に積もった雪をばさばさと下に落とした。

「あんたはまだいいよ、曲がりなりにも秋物だろう。俺なんか夏でも大丈夫な素材だぞ。そんな装備で雪嵐の中って、絶対間違ってるだろ」

オウルの文句は聞き流して、ティンラッドは尋ねた。

「それでどうする」

聞き返されてオウルも怒りを収めた。文句を言っているヒマがあるなら行動すべきだ。そうでなければ凍えるばかりである。

「倒した雪オオカミの死骸を持ってきてくれ。少し時間をくれれば対処してみる。で、その間に雪《せっ》洞《どう》……はムリでも、風除けの壁か何かを作ってくれないか。それだけで俺もロバもずいぶん楽だ」

「わかった」

ティンラッドは委細を聞かず、魔物の死骸を引きずってきた。その間、オウルは新しい呪文の準備をする。

「子供のころに雪だるま作り大会で優勝したこともあるが」

やけに嬉《うれ》しそうにティンラッドは言った。

「これほどの量の雪で何かを作ったことはないな。なんだか楽しくなってきたぞ」

「うちの船長は、お気楽でうらやましいことだね」

ブツブツぼやきながら、オウルはかがみ込んで雪オオカミの毛皮に短刀を刺した。手がかじかんで動かないので、寒さ除けの呪文を自分にかける。それでやっと作業ができるようになった。

「さてと。この呪文が切れる前に、最初の仕事をやっちまわないと」

オウルは呟いた。目的地はまだまだ先だ。雪道に入ってから明らかに移動速度が落ちている。

「船長とロバにも寒さ除けの呪文をかけて、荷車の車輪に雪道を行くための呪文をかけて」

作業を進めながら必要な呪文を数え上げる。

「俺の魔力が尽きる前に町にたどり着かないとヤバいことになるな」

焦っても状況が変わるわけではない。だが後ろから聞こえるティンラッドの気楽な笑い声が、ひどく遠いもののように思えた。


旅は体力勝負になった。

オウルが雪オオカミの毛皮を魔法でなめし、身に纏《まと》えるようにしたので装備はいくらか改善した。ロバの体にも三枚の雪オオカミの毛皮がくくりつけてある。

それでも何十分かごとに寒さ除けの呪文をかけ直さないと体が動かなくなってくる。ティンラッドとオウルは荷車に積んだ酒を飲み、呪文以外の方法でも体を温めるように努めた。

その間にも魔物は襲ってくるし、道もすべて雪に埋もれている。ティンラッドが魔物を倒し雪をかき分け、オウルは方角を確認し呪文をかける。二人の体力と、オウルの魔力がどこまで持つか。

これはそういう戦いだった。

「まだ何も見えないか、船長」

そう聞くオウルの声には疲れと焦りがにじむ。

「ムリだな。この雪では十歩先も見えない」

「それはわかってるけどよ」

オウルは懐から地図を出す。これで何十回、いや何百回目か。

「そろそろ着くはずなんだ。進むのがのろいのを差し引いても、かなりの時間歩いたからな」

「たどり着けなかったら、雪穴を掘って春まで待つのもいいな」

ティンラッドはのん気に言った。

「飲み水なら山ほどあるし、雪ウサギを捕まえれば食べ物にも困らない。死ぬことはないだろう」

「俺たちはな」

オウルは暗い声で言う。

「その老いぼれロバはくたばるぜ。草なんかないからな」

「そうか、餓死させるのはかわいそうだなあ」

ティンラッドの言葉には危機感が不足していて、オウルはイライラする。

「第一、ここに春なんか来るのかね」

暗い声で呟いた。一日や二日雪が降ったくらいでこうなるものではないだろう。目に映るものは何もかも雪に埋もれてしまっている。

(だとしたら、ずっと前から雪が降り続いてるってことになる)

その考えをオウルは口に出す前に振り払った。今はとにかく町にたどり着くことだ。他の心配はそれからでいい。

「悪かった。行こう」

オウルが言うまでもなく、ティンラッドは雪をかき分けてずかずか進み始めていた。ロバがとぼとぼとその後に続く。凍りつきそうな荷車の車輪に追加で雪道用のまじないをかけながら、オウルが一番後から歩いていった。

歩き続けて時間もわからなくなったころ、

「あいたっ」

とティンラッドが声を上げた。

「痛い。何かにぶつかった。ここに何かあるぞ、オウル」

雪をかき分けて確認すると、左右に長く続く枯れた灌木《かんぼく》の列だった。

「魔物除けの生垣だ。町に着いたようだぜ、船長」

ホッとして思わず笑みがこぼれる。

「入り口を探そう。そう大きな町でもないだろう、すぐに見つかる」

そうして二人と一頭は、ようやくたどり着いた町の外壁沿いに歩きだした。足は棒のようで、体は芯まで冷えきっていた。

雪と氷の町

やがて生垣が途切れ、閉ざされた木戸とその脇の番小屋が見えてきた。どこの町や村もこうやって魔物や盗賊の襲来に備えているのが普通だ。

「おーい。開けてくれ」

オウルは木戸を叩《たた》いて大声を上げた。

「旅人だ。困ってるんだ。入れてくれ」

返事はない。

「まいったな。今、何時だ」

「わからないな。夜中かもしれないぞ、町が静かだ」

ティンラッドが言う。ずっと歩きづめで時間などとっくにわからなくなっている。おまけに降る雪であたりがうす暗く、昼か夜かも判然としない。

どうしたものかと考えていると、

「今は夜で、番人は夕飯を食べに出てるよ」

番小屋の中から声がした。

助かったと思い、オウルは顔を上げる。窓の鎧戸《よろいど》が開き、オウルと同じ年頃の若い男がこちらを見ていた。色白でなよっとしているが、遊びなれた感じの顔つきだ。ティンラッドとは違う意味で女受けが良さそうだ。

気が合いそうもないなとオウルは思ったが、まあいい。木戸を開けてもらう分には相手がどんな奴でも関係ない。

「とにかく開けてくれ、ただの旅人だ。二人っきりだし、武器はこの人の持ってるものだけだ。あやしい者じゃない」

下手に出て、盗賊の類ではないことを訴える。小屋の中の男は首をかしげた。

「そう言われてもオレはただ火の番をしてるだけで、そこを開ける権限はないんだよね」

「番人じゃないのかよ」

「違うよ。言っただろ、番人は夕飯を食べに行ってるの。その間、オレが火の番をしてあげてるんだよ。火事でも出したら大変だからねえ。かといって一度火を落としてしまうと部屋が冷えて暖房効率が悪くなるでしょう。だからさあ、オレがここにいる意味はあるわけ」

「ねえよ。木戸を開けねえ番人の代理なんか、いる意味まったくねえよ」

腹を立ててオウルはどなりたてたが、相手は平気な顔で笑っている。

「ここで相談だ。話によっては番人を呼びに行って、そこを開けるよう口を利いてやってもいい」

「賄賂か」

オウルはうんざりした。

「見てのとおりの貧乏人だよ。大して持ってない」

「そんなのは見ればわかるよ。百ニクルやそこらもらってもなんの足しにもならない。そんなケチな話じゃなくてさ」

男はじろじろと、ロバが引いている荷車の上を見る。

「その荷物、何が乗ってる？　見たとこ、毛皮と水の樽《たる》のようだけど」

「ああ。雪オオカミの毛皮があるぜ」

もしやそれが賄賂の代わりになるかと、オウルは熱心に言った。

「雪ウサギの肉もある。必要ならもっと取ってこられるぜ」

だが黒髪の男は非情に首を横に振った。

「てんでダメ。わかってないなあ。この雪は十日降り続いたら一日、必ず晴れ間があるのよ。この村にも狩人《かりゅうど》はいるからね、その時を狙って狩りに行けば毛皮や肉は獲れる。欲しいのは穀物、果物、青物、そういうものよ。もうこの村は四ヵ月近く雪に降り込められてる。もちろん秋の収穫なんかない。村の人たちは肉には飽き飽きなんだよ。商売するなら、そこんとこ考えないと」

「俺たちは商人じゃないんだよ」

相手の言い草にそろそろキレかけて、オウルは怒鳴り散らした。

「何が売れようが構うもんか。いいからその木戸を開けやがれ」

「あ。やだねえ、そういう見下した言い方。戦士さんだの魔術師さんだのの悪いクセだよ」

男は憤慨した様子で続けた。

「考えてもみなさい。商人というのはね、物がなくて困っている人のところに必要としている物を届けてあげる、とても大切で素晴らしい仕事です。いわば人助けみたいなものじゃないですか。しかもお金まで手に入る。こんな良《い》い仕事、他にはありませんよ」

「うるせえ。どうでもいい」

オウルはイライラしながら言う。

「もう一度だけ言うぞ。ここを開けろ」

「だからオレは開けられないって。鍵も持ってないしね」

男は肩をすくめる。逆にオウルはがっくりと肩を落とした。時間を無駄に使った。そう思うと疲れが一気に襲いかかってきた。

すると、今まで退屈そうに二人のやり取りを眺めていたティンラッドがずいっと前に出た。

「開けてもらえないなら、この木戸を壊して入ろう」

ギョッとしたのはオウルの方である。

「何言ってんだ。そんなことしたら盗賊と同じじゃねえかよ」

「私は疲れた。火の前で休みたい」

「俺だって疲れたけどよ、それ理由になってないって」

あわてて止めるが、ティンラッドはもう木戸に手をかけている。

「やめろ、乱暴だな。ああもう、あんた、船長ってどんな船の船長だったんだよ。まさか海賊船の船長じゃねえだろうな」

ティンラッドは振り返ってニヤリと笑う。

「そうだったらどうする?」

「やめてくれよ」

オウルは天を仰いだ。とんだ船長についてきてしまった。そう思うのはこれが初めてではないが、最後でもないだろう。そう思うといっそう暗い気持ちになる。

「まあまあ、ちょっと待った」

その様子を面白そうに眺めていた男がティンラッドに声をかける。

「そこ、壊されちゃこの町の人たちが困るんですよ。でもあんたたち、ちょっと面白そうだなあ。商売人でもないのに、この雪をかき分けて何しにここまで来たんです?」

「私の目的か」

ティンラッドは男の顔を見て、

「魔王を探して倒す」

と、あっさり言った。

もうダメだ。オウルは絶望した。そんな目的、まるっきりのたわごとだ。追い払われても仕方がない。この吹雪の中で死ぬのが自分の運命か。短い人生だった。

うなだれた時、

「あっはっは」

男が笑った。

「魔王って。どこにいるのか、そもそもいるのかすらわからないのに? 本気かよ、おい」

腹を抱えている。

「おかしいか」

ティンラッドが尋ねる。

「おかしいよ。当たり前じゃん」

男は目じりを指でぬぐった。

「あー笑った。あー涙出てきた。こんなに笑ったのは久しぶりだわ。それじゃ」

男の顔が窓辺から消える。

「おい。どこへ行くんだ」

オウルが呼ぶと、男が再び窓からのぞく。

「どこって、木戸の番人を呼んでくるんだよ。あんたたちには笑わせてもらったから、その分のお返しはしなきゃダメだろ。ちょっと待っててね」

そう言って、また姿を消す。オウルは狐《きつね》につままれたような顔で誰もいなくなった窓を見つめた。

ティンラッドが、

「開けてもらえそうだな」

と何ごともなかったように言う。

「まあな」

良かったのか悪かったのか。なんだか微妙な気分になりながら、オウルはそう答えた。

しばらく待たされた後、毛皮の外套に身を包んだひげ面の男が現れた。型どおりの質問と武装確認をし、木戸を開けて二人を中に入れる。

「どうする？　宿屋は開店休業中だよ。町長の館に行って頼めば泊めてくれると思うけど」

先ほどの男も外に出ていた。外套も長靴もやはりモコモコの毛皮だ。

「町長の家は広いし、もう下宿人をおいているからね。きっと気軽に引き受けてくれるよ」

「下宿人？」

オウルが尋ねると、相手はうなずいた。

「そうそう。魔術師のタラバランって先生の娘さん。三十五歳で、痩せててメガネかけてて怒りっぽい。あんまりオレ好みとは言えないなあ。男より石板が好きって変わり者」

「その情報はどうでもいいがね」

オウルはつぶやいた。

「タラバラン師って言えば召喚魔術の大家だ。十五年前に魔術師の都から隠退したが、こんなところに住んでたのか」

「そうそう。その先生自体は三年前に亡くなったんだけどね。このあたりがこんなことになったでしょ。町から少し離れたところに住んでいた娘さんを、大変だろうって町長さんが呼び寄せたんだよ」

「ふうん」

「どうしたオウル。気が進まない様子だな」

ティンラッドが声をかけた。

「別に。いいんだけどね、ただ」

オウルは肩をすくめた。

「ちっとわけありでね。魔術師の都のお偉い先生とはあまり関わりあいになりたくないんだ。その娘さんっていうのとも、親しく話をしたいとは思わねえな」

「そうか」

ティンラッドはうなずいただけで、深く聞こうとはしなかった。

代わりに『それなら』とやけに大きな声を上げる。

「宿屋へ行こう。私も他人の厄介になるのはできれば遠慮したいな。宿屋があるんだ、いくら休業中でも客が来ればなんとかしてくれるだろう」

「そうか。わかった」

オウルもホッとした様子で言った。

「そうかそうか、宿屋に来るのか」

黒髪の男はニコニコする。

「それじゃあ、酒を一杯おごらせてもらおうかな」

「あんた、宿屋の人なのかい」

疑わしげな眼《め》でオウルが相手を見る。

「うーん、そのような、そうでないような。とにかく宿屋に行くならこっちだよ」

曖昧に言って、男は先に立って歩き始める。

「せっかく外から来たんだ、いろいろ聞かせてもらいたいね。ああ、もちろんタダとは言わないよ。オレの方からもとっておきの情報を提供させてもらおう。世の中、等価交換で行かないとね。これ大事なことでしょ」

くるりと振り返る。

「オレはロハス。商人だ。あんたたちは?」

「オウル。魔術師だ」

「ティンラッド。私のことは船長と呼びなさい」

ロハスはそれを聞いてまた笑った。

「船長? この内陸で? 船もないのに? 本当に面白い人たちだなあ」

ひとくくりにしないでほしい。そうオウルは思ったが、共に旅をしている以上それもムリな相談だろう。観念するしかないらしいと思うと深いため息が出た。

町はどこもかしこも雪に埋もれている。建物の一階はほとんど雪に埋まり、屋根だけが見えている状態だった。道だった場所に雪を掘って隧道《ずいどう》が作られており、住人はその中を行き来しているそうだ。

「こうなっちゃえば逆に暖かいんだけどね。雪が詰まってるから風も通らないし。積もる前より寒さはマシになったんだよ」

とロハスは言うが、

「これでか」

オウルにはとてもそうは思えなかった。町が雪に埋もれている状態を見せて、マシになったと言われても同意しようがない。

「ほら、ここだ」

ロハスは隧道の突き当たりにある頑丈そうな樫《かし》の扉を指さした。その上には古びた酒瓶の形の銅板が吊《つ》るされている。酒場兼宿屋の看板だ。

中に入って、宿の主人と宿賃の交渉に入る。

「一泊五シル？」

オウルは相手の言い値に呆然《ぼうぜん》とした。

「冗談じゃねえ。どんなぼったくりだよ。ソエルの城下なら一泊八十ニクルで泊めてくれるぜ」

「そりゃ、王都は景気がいいだろうからねえ」

宿の主人は雪焼けした赤ら顔をしかめて言った。

「この町の様子を見りゃあわかるだろう。旅人は来ない、こっちは毎日の食べ物にも困ってる。余分はないんだよ」

「食べ物ならある。雪ウサギの肉があるよ」

オウルは必死で言った。

「肉はねえ、獲れるんだよ」

主人は首を横に振った。どうやらロハスの言ったことは当たっているらしい。町の人間は雪ウサギの肉には食指が動かない様子だ。

オウルは、頭の中で財布の中身を勘定した。

持ち物を売って旅の準備をした残りは十五シルきっかり。主人の言い値を払ったら、今夜の分だけで宿代はなくなる。

「ダメだ船長。話にならねえ」

オウルは回れ右して、ティンラッドのところへ戻った。

「さっき言ってたとおり、外で雪でも掘ってその中で過ごそう。壁を作っちまえばなんとか夜を越せるだろう」

「そうだなあ」

ティンラッドはぼんやりと答えた。彼は隅に腰かけて、さっそくロハスと一杯やっているのだ。

「船長！」

「うん。まあ君も飲め、オウル。彼のおごりだぞ」

「そうそう」

ロハスはニコニコ笑いながらティンラッドに酒を注ぐ。

「あんた、いったい何者だ」

憤懣《ふんまん》やるかたないオウルは、ロハスにくってかかった。

「てっきり宿の人間かと思えば、そうでもない。その酒だって注文してたなあ。かといって近所に住んでる口ぶりでもなし」

「うん、違うよ。オレ、ここの逗留《とうりゅう》客だから」

ロハスはあっさり言った。オウルは眉根を寄せる。

「あのバカ高い宿代を払ってるのか。どこのお大尽だよ」

「うっふっふ。知りたい？　こっから先は有料だなあ」

ロハスはニヤリと笑った。オウルは全力で首を横に振った。

「どうでもいい。心の底からどうでもいい」

「親切で教えてあげようって言うのに。まあいいや、ひとつだけ教えてあげるとね。オレも旅人だったのよ。一緒に来た仲間が魔物にやられて全滅しちゃってね。オレだけなんとかこの町に逃げ込んだんだけど、その直後からこの雪が降り始めてさ。出られなくなっちゃったわけ」

「出られなくって」

オウルは首をかしげる。

「何日かに一回、雪がやむ日があるんだろ。その日を狙って外に出りゃあいい」

「そこが問題なんだよねえ」

ロハスはため息をついた。

「ここからが相談だ。あんたたち、たった二人で荒野を旅してくるなんて腕に覚えがあると見た。どうだ、強いのか」

「強いぞ」

ぼーっと酒を飲んでいたティンラッドが、急に真顔になって断言した。

「私は強い」

「まあ、船長は強いな」

オウルも同意する。

それを聞いてロハスはニヤリと笑った。その笑い方が気に入らないなとオウルは思うが、おごられているので無下にもできない。

「実はね、この町には呪いがかけられてるんだよ。入っては来られるんだけど、出るのは雪の領域より外へは行けないの。ムリして進むと雪嵐がひどく吹き荒れて押し返されちゃう。おとなしく町に戻れば嵐はやむけれど、そうしなければ凍えてお陀仏《だぶつ》。それで命を落とした者も結構いるわけなんだ」

「そりゃあ」

オウルの眉間のしわがますます深くなった。

「魔物の仕業か」

「他に考えようがないでしょ」

ロハスはうなずく。

「で。それが俺たちとどうつながる」

オウルが睨《にら》み付《つ》けるのを、ロハスはへらっとした笑顔で受け流した。

「ここから先は聞き逃げは許さないよ。必ず話に乗ってもらう。その覚悟があるかな」

オウルは黙り込んで横のティンラッドを見る。船長は酒を飲むことに没頭していて、話を聞いているのかもあやしい様子だった。

「聞き逃げは許さないって言うけどな。あんた、ただの商人だろう。どうやってそれを強制する。俺たちがぐだらないと一笑すればそれで終わる話に思えるがな」

ロハスはふふんと鼻で笑った。

「商人には商人なりの武器があるよ。この話を受けてくれれば、町にいる間の滞在費用を全部オレが持つ」

うっとオウルは言葉に詰まった。それはかなり魅力的な提案だ。

さっきは野宿すると言ったが、吹雪の中の雪洞で何日も過ごすというのは正直厳しい。というより命がけな気がする。

「聞く度胸がないならこの話はここまでだね。もちろん約束だから酒はおごるよ。後は町長の家に行くなり、他の人に頼み込んで泊めてもらうなりご自由に。雪を掘ってそこで暮らすのはあんまりお勧めできないなあ。危険だと思うよ」

オウルは返事ができない。彼の一存で承知できる範囲を超えている。ティンラッドの考えはと再び船長を見るが、彼は眠そうな顔でひたすら酒を飲んでいる。明らかに話を聞いていない。オウルはまたため息をついた。

「あ、情報なら有料で流してあげるよ。そうだな。今、売れるのは」

杯を片手にロハスは考え込み、指を一本ずつ立てて数え上げた。

「まずはこの町の売れ線商品情報。これは三シルってとこだな。次に魔術師タラバランの研究内容に関する噂。これは二シル。そして、これが極秘の目玉情報なんだが」

声を潜める。つられてオウルも身を乗りだした。

「この町一番の色っぽ美人、マリアンナちゃん十五歳の嬉《うれ》し恥ずかし秘密情報。これを十シルでどうだ」

得意顔で言われたが、

「どうでもいい。心の底からどうでもいい」

がっくりしてオウルは首を横に振った。

「売れ線商品情報もどこぞの小娘の秘密とやらも興味ない。タラバラン師の研究内容だって、どうせ根も葉もない一般人の憶測だろうが。魔術師の都で師とまで呼ばれた人が、そう簡単に研究内容を漏らすかよ」

「なんだよ、その態度。どれもオレが寝る間も惜しんで集めた情報なんだよ」

「うるさい黙れ。だいたい、その値段設定がどれもぼったくり感満載なんだよ」

このやりとりで、オウルは相手を信用できないと判断した。あやしげな商品を扱い、愛想の良い笑顔でぼったくりの値段を設定し、隙のある相手からは最後の一ニクルまでかっぱぎにかかる悪徳商人。それがこの手の人間だ。

「話はここまでだ。いい酒をごちそうさん。ほら、船長いくぜ。身の振り方を考えなきゃ」

眠りかけているティンラッドを突っつく。

「あらま。話は聞かないで行っちゃうの」

「あんたの話なんか聞く価値はないよ」

立ち上がる。ロハスはバカにしたような薄笑いを浮かべた。

「やれやれ。せっかく使えそうな旅人が飛び込んできたと思ったのに、ただの臆病者か。おごり損だったね。オレの人を見る目もこの雪で錆《さ》びついたみたいだ」

ぬかせとオウルは言い返そうとしたがその前に、ウトウトしていたはずのティンラッドの目がぱっちりと開いた。

「聞き捨てならないな。誰が臆病だって」

ハッキリした口調で言う。ロハスは肩をすくめた。

「あんたたち。でもいいよ。オレの話を聞く度胸もない人たちには、どうせ洞窟に巣食う魔物を退治するなんてムリだろうし」

「魔物？」

そのティンラッドの声を聞いた時、オウルはとても嫌な予感がした。なぜならすごく嬉しそうだったのだ。

「それは強いのか」

「強いだろうね。誰も挑んだ者がいないからわからないけど」

「わかった。乗ろう」

一瞬の躊躇《ためら》いもなく、そしてオウルが止めるヒマもなく、ティンラッドは力強く言いきった。

「え？」

唐突過ぎて、ロハスも目を白黒させている。

「ちょ、ちょっと待った船長」

あわててオウルが間に入った。

「あんたは聞いてなかったから知らないだろうけど、この野郎は話を聞いたら問答無用で乗れなんて無茶を言ってるんだ。危なすぎるぜ」

「だから乗ると言っている」

ティンラッドは無造作に言った。

「話を聞いたから乗るんじゃない。乗るから話を聞かせろと、私が言ってるんだ」

「え？　あれ」

オウルも目を丸くした。そういえばそうだ。いつの間にか主客が転倒している。

「けどよ。こいつの話はあやしいって」

なおも言いつのるオウルに、ティンラッドは言った。

「私も話は聞いていたぞ。魔物が出るんだろう？　だったらそれを倒しに行くのは当たり前じゃないか」

ニヤリと笑う。

「私たちの目的は魔王を倒すことなのだからな。それらしいものがいるなら行くに決まっている」

言いきられてしまっては、もう返す言葉はなかった。そのとおり、彼らの目的は魔王を倒すことだ。魔王が本当に存在するのかしないのかは別問題として。

であれば強い魔物がいると聞けばそれに向かっていかざるを得ない。残念ながら。

オウルは今さらながら、こんな厄介ごとに巻き込まれた自分の運命を呪った。

「で。その魔物とやらはどこにいる」

ティンラッドはせっかちに言った。

「あ、ああ」

話の急展開に驚いているのか、ロハスもハッとしたように話を始めた。

「もう一度確認するけど。本当にやってくれるんだね？」

「くどい。話に乗ると言っているじゃないか」

ティンラッドは怒り始めた。ああ、どこかで見た展開だとオウルはため息をつく。

「早く話しなさい。どこに魔物がいるんだ」

「えーと。この町から北に少し歩いたところにある山の中腹の洞窟だ。そこが魔物の巣になっているらしいんだよ」

「それは魔王か？」

ティンラッドの質問は性急だ。ロハスは天井を仰いだ。

「知らないよ。言ったでしょ、誰も挑んだことないからわからないんだって」

「あのな船長」

たまりかねてオウルも口をはさむ。

「この間、話したばっかりじゃないか。この国には魔王はいないだろうって。いくらなんでもこんな都の近くに魔王が住んでたらわかるって」

「そんなこと誰が決めた」

ティンラッドは不機嫌に言う。

「灯台下暗《もと》しというじゃないか。案外、近くに隠れているのかもしれんぞ」

ムリを通せば道理が引っ込むともいう。今はそんな状況なんじゃないかとオウルは思った。

「それで洞窟の魔物なんだけど」

構っていては話が進まないと思ったのか、ロハスはオウルの方を向いて話を始めた。

「どんな魔物がいるかはわからないんだけどね。その洞窟は、この雪が降り始める前は町の人たちが日常的に出かける場所だったんだ。だけど今は近づけなくなっている」

「というのは？」

仕方ないのでオウルが先を促す。ロハスは酒をちびりと飲んでから言った。

「町を出ようとする時と同じさ。ひどい雪嵐が吹くんだ。で、誰も洞窟には近づけない。そういう話」

オウルはちょっと黙って、明かされた情報を吟味した。

「そこへ俺たちを行かせようっていうのはどういう魂胆なんだ。その洞窟に雪の原因があるとでも言うのか」

「さあ。そんなの知らないって。何度も言うけど、雪が降り始めてからそこに入れた人はいないんだから」

後ろを向いて宿の主人につまみを注文する。オウルはイライラした。

「じゃ、なんなんだよ。お前は俺たちに何をさせたいんだ」

「うん。オレね、適当な装備と魔術師がいれば、あの雪嵐は抜けられるんじゃないかと思うのよ」

ロハスは言った。

「装備はオレが提供する。あんたは魔術師だって言う。そこの船長さんも強いって言う。そうしたら、この町を出ることも可能だと思うのね」

オウルは眉根を寄せた。話の行く先が見えない。

「どういう意味だ。それを試すんなら洞窟なんか目指さずに、王都を目指した方がいいだろう。城下には戦士も魔術師もいっぱいいるし食糧もある。この町の状態を考えたら、先に行くべきなのはそっちじゃないのか」

「それは素人の浅はかさだね」

浅はかと言いきられてオウルはムッとした。

「何がだよ。魔物退治なんかよりそっちが先だろうが」

「あのね。この状態で他の町に助けを求めて食糧を売ってくれと言ったとするよ。するとどうなると思う」

「どうなるんだよ」

イライラしながらオウルは尋ねた。

「決まってるだろ。秋に収穫した食糧には限りがある。それなのに、この町の分まるまるをよそから供出しなきゃならないんだ。食糧は高騰する。特にこの町の人間は足元を見られて、高値を吹っ掛けられるだろうね」

「なるほど」

オウルは不承不承うなずいた。確かに彼の言うことには一理ある。秋の収穫は終わったばかりだ。これから一年間の食糧を、この町の人はよそから買って過ごさなくてはならない。値も上がるだろうし、足元を見て商売する者も出るだろう。

（正に、目の前のこいつのような奴が）

とロハスの顔を見てオウルは思った。

「そこでオレは考えたわけですよ。この町の人たちにはお世話になった。それなのにその恩を返さなくていいのか。義を見てせざるは勇無きなり。なんとかするのが男じゃないか。とね」

「はいはいはいはい」

話半分に聞き流しながら、オウルは先を促した。

「結局のところなんなんだ。結論を言え」

「今の、感動するところなのにい」

ロハスは不服そうだったが、すぐに声を落としてほくそ笑んだ。

「その洞窟にね。オレの見込みが確かなら、大した商売のネタになる商品がある。それを元手にすれば、食糧の売り買いでも優位に立てるだろうよ」

「やれやれ、結局商売かよ」

　オウルはため息をついた。

「当たり前でしょう。オレは商人だよ。商人が商売しなくなったら、世界が引っくり返るよ」

　なぜか威張るロハス。

「つまりお前の言うことはこういうことか。その洞窟に行って、俺たちにその商売のネタとやらを取ってこいと」

「あ、ちょっと違う」

　ロハスはニッコリと笑った。

「昔どおり洞窟に町の人たちやオレが行けるようにしてほしいのよ。後の商売はオレがやるから。魔物退治だけしてくれれば、あんたたちはお役御免。大事な商品だ、他人の手には預けられないからね」

「おい」

　オウルはいきり立った。

「なんだそれ。俺たちはただの魔物掃除屋か。命賭けるだけ賭けさせといて、終わったらハイさようならとはひどすぎねえか」

「じゃあ、今すぐ命賭ければ。外で雪掘って野宿するなら命を賭けられるよ」

　こいつは悪魔か。オウルは思わず拳を握りしめたが、何か言う前にまたしてもティンラッドが口をはさんだ。

「話はわかった。洞窟に行って魔物をやっつければいいんだな。なら話が簡単でいい」

「待てよ船長」

オウルが反対するのを遮って、

「さすが船長さん、話がわかる」

ロハスが満面の笑みを浮かべてうなずいた。

「ささ、もう一献《いっこん》」

ティンラッドの杯に酒を注ぐ。

「船長」

不満げに言うオウルの杯にも、ティンラッドが酒を注ぐ。

「言ったろう、どっちにしろ魔物がいるなら倒しに行く。それに決まってるんだから、この人が手を貸してくれるならそれに越したことはない」

「ああ、そうでしたね。そうでしたよ」

すっかりふさいだ気分になって、オウルはブツブツ言った。どう考えても自分の命運はこの男と出会った瞬間に尽きている。そうとしか思えない。

「それでだ」

酒を飲み干したティンラッドは、ロハスの顔を見た。

「ということは、君も来るな？」

「へ」

　突然矛先を変えられ、ロハスの笑顔が凍りつく。

「だって君も洞窟に用事があるのだろう。だったら一緒に来た方が話が早い」

「あ、いやオレは」

　急にロハスの口調が怪しくなって目が泳ぐ。

「オレはただの商人で、戦闘とか役に立ちませんから」

「構わない。魔物を倒すのは私だ」

　ティンラッドは無造作に言いきった。

「それに私の経験によると、一度巣になった場所から完全に魔物を追いだすのは難しいぞ。追い払ってもまたすぐに戻ってくるものだ。用があるなら私たちと一緒に来て、済ませてしまった方が安全だろう」

「え。いや。でも」

　ロハスはみっともないほどうろたえている。

「いいな、オウル」

「いいも何も」

　オウルはため息をついた。ロハスが狼狽《ろうばい》している姿を見るのは小気味良かったが、残念ながら自分も道連れなのだ。

「どうせ決めちまったら俺の言うことなんか聞きやしないんだろう。けどな、これだけは言わせてもらう。頼むから船長、あと三人……いや二人でいいから、この町の腕の立つ奴を一緒に連れていってくれ」

「うーん。そうだなあ」

ティンラッドは酒をあおった。

「君がそんなに言うなら、考えるだけは考えてみるが」

嘘《うそ》だ。直感的にオウルはそう思った。多分、船長は考える気すらない。

ただでさえティンラッドひとりに戦闘をまかせるしかない偏ったパーティなのに、更にお荷物が加わるのか。そう思うと、オウルの頭は激しく痛むのだった。

——ロハスがなかまにくわわった！（暫定）——

氷の洞窟

温かい食事と酒、それにやわらかな寝台での休息は旅に疲れた体にありがたかった。その夜オウルは夢も見ずに眠った。

翌朝、隣りの部屋をのぞくと船長は寝台から半分はみだして高いびきで眠っていた。面倒なので起こさないことにして、オウルはひとりで朝食をとるため酒場に向かった。

ロハスはもうなにやら忙しそうに立ち働いていた。宿の主人に食事を頼むと、雪グマの燻製《くんせい》と野菜の汁物が出される。

「なんだ、野菜もあるじゃないか」

つい呟くと、耳ざとく聞きつけたロハスが寄ってきた。

「何もないところから出てくるわけがないでしょう。今、この町でこういうものが食べられるのはね、何を隠そうこのオレの先見の明があったからなわけよ」

自慢げな顔がうっとうしい。そう思ったが少し興味が出て、

「へえ。そりゃどういうこった」

と聞いてしまう。ロハスは得々として話し始めた。

「夏に雪が膝より高く積もった時点でオレは思ったね。これは秋の収穫は期待できないと。町を出ることができないっていうのもわかってたから、オレはすぐに町長さんのところに行って直談判《じかだんぱん》したわけよ。手を打たないと大変なことになりますよって」

「自慢はいい。何をやったかだけ教えろ」

「なんだよ。付きあい悪いなあ」

ロハスは不満そうだったが、手柄を聞いてくれる相手がほしいらしく話は続けた。

「町長さんの家には大きな温室があるのよ。そこを使いなさいと話したわけだ。更に、このオレ

が、商売のため持っていた野菜の種をすべて提供したわけです」

得意満面である。

「今、この町の人たちがおいしい野菜やイモを食べられるのもすべてはこのオレのおかげ。自分の損を顧みないオレの献身的な行動がなかったら、今頃この町は飢え死にする人であふれていたかもしれないのよ。というわけでオレは町の恩人として、この宿屋にタダで泊めてもらっているのでした」

「あー。なるほど」

オウルはうなずいた。この男が宿の主人の言い値をそのまま払っているとはとても思えなかったのだ。

からくりを聞いて納得した。自分たちの宿代も持つとか豪語していたが、それもあやしいと思う。『町の恩人』であることを盾にして、それもタダにさせている可能性が大きい。

「今日は準備に充てるから、魔術師さんと船長さんはゆっくり休んで英気を養ってよ」

とロハスは言った。

「準備ねえ。あんた、どうやってその猛吹雪をやり過ごすつもりなんだ」

「簡単だよ。とにかく必要なのは雪に負けない装備だろ。大丈夫、町長に頼んできたから町中の物品を提供してもらえるよ」

得意げに言った。だがその口調が更にあやしいとオウルは思う。『町を救うから』と言ってタダで供出させるつもりなのではないだろうか。だがそれは、洞窟攻略に失敗したとしてもおめおめと逃げ帰るのは許されないということだ。
わざわざ危険に飛び込みたがる船長と、自分で自分の退路を塞いでいい気になっている商人。なんでこんな連中と、魔物だらけの洞窟に向かわなくてはならないのか。オウルは重い荷物が背中に載っているような気分になって、深いため息をついた。

翌日、ロハスがそろえた装備は次のとおり。

雪グマの毛皮の外套×三
雪グマの毛皮の長靴×三
雪ぎつねの襟巻×三
革の手袋×三
携帯カイロ×三
薬草×十
毒消し×十

酒×六
携帯食料×十二
魔力回復薬×五
魔物除けの聖水×十
毛布×三
寝袋×三
携帯コンロ×一
洞窟までの地図×一

オウルはカイロとコンロを眺めた。

「魔力で暖まるヤツか。よくこんなものがあったな」

「それはもう。品ぞろえはバッチリよ」

ロハスは胸を張る。

「しかし、これだけの荷物をどうやって持っていくんだ。うちのロバはともかくとしても荷車はもうおしゃか寸前だからなあ。手配してくれたのか」

尋ねると、ロハスは口許《くちもと》を吊《つ》り上《あ》げて笑った。

「ふふーん。猛吹雪の中、荷車を引いて進むなんて有り得ないでしょう。常識を考えてよ」

「じゃあなんだ。そりでも使うって言うのか」

この男に常識をうんぬんされると無闇に腹が立つ。そう思いながら、オウルはケンカ腰で聞き返した。だがロハスの余裕たっぷりな態度は変わらない。

「いやいや、そんな優雅じゃない方法をこのロハスは取りませんよ。ここで登場するのが」

懐をゴソゴソと探り、古びた革の袋を取りだす。

「我が家に代々伝わる秘宝、『なんでも収納袋』」

一瞬、二人の間に沈黙が落ちた。

「で。その汚らしい袋がなんだって」

「あ、うちの家宝にケチをつけるとバチが当たりますよ」

ロハスは憤慨した様子である。

「これは世界にも珍しい貴重な道具でね。なんでも入れることができるんだよ」

「なんでも？」

「そう。なんでも」

ロハスは真面目な顔でうなずいた。

「あ、生き物はダメだけど。物ならなんでも入れられる」

「じゃあ何か。この荷物を全部、その小さな袋に入れていくって言うのか」

「そうだよ」

半信半疑のオウルの目の前で、ロハスは装備品以外の荷物をどんどんその袋に入れ始めた。驚いたことに薬草などはもちろん、毛布や寝袋といった大きなものまで吸い込まれるように中に入っていく。

「大したもんだ」

オウルは素直に感心した。ロハスも機嫌を直して威張りかえる。

「スゴイでしょ。このオレがいる限り、旅の荷物に関しては心配しなくていいよ」

「そのようだな」

オウルはうなずいた。それから観相鏡を取りだして鼻の上に乗せる。ロハスのステイタスが視界に表示された。

ロハス
しょくぎょう：しょうにん
レベル十六

つよさ：十六
すばやさ：二十
まりょく：十二

たいりょく：二十六
うんのよさ：九十五
もちもの：なんでもしゅうのうぶくろ

オウルはため息をついた。期待はしていなかったが、自分とどっこいどっこいの能力値である。

「あんた、武器は」

「え。ないよ」

あっさりした答えが返ってきた。

「オレ、戦わないいし戦えないもん。必要ないでしょ」

オウルはもう一度ため息をつき、ロハスをおいて宿屋を出た。次に戻ってきた時には武器屋で入手した『ヒノキの棒』を持っていた。

「ほら。やるよ」

棒を渡されて、ロハスは目を白黒させた。

「何これ。だからオレは戦わないって。くれると言うならもらっておくけどさ」

しっかり収納袋に入れるところはこの男らしい。

「いずれ必要になる。出かける時は手に取りやすいところに装備しておけよ」

「なんで」

「すぐにわかる」

説明するのも面倒だったので、オウルはそれしか言わなかった。

どうせティンラッドは手練《てだ》れの狩人や神官をパーティに入れるつもりはない。三人での洞窟攻略になることは決定しているようなものだ。それを思うと、オウルはやっぱり頭が痛いのだった。


いよいよ洞窟へ向かう朝になると、人のよさそうな町長が宿屋にやってきて三人を激励してくれた。ロハスは例によって調子良く、

「必ず町を救ってみせますから」

とか言っているが、オウルには凶兆としか思えなかった。

「洞窟に近づくほど吹雪が激しくなるはずだからさ。麓にタラバラン先生の住んでいた小屋があるから、そこで休みを取ろう」

ロハスがそう説明する。

「他人の家に勝手に入るのはまずいんじゃないのか」

「抜かりはないよ。ちゃんとお嬢さんに許可を取って、鍵も借りてきた」

金色の鍵を見せびらかす。

「三十五歳のお嬢さんか」

「そう。男より石板が好きなお嬢さん」

なんだか意気が揚がらない話だなとオウルは思った。男好きな若い娘なら意気が揚がるという話でもないが、怒りっぽい年かさの女魔術師を想像するとどうも気分が萎える。


天気はロハスの言うとおりだった。町を出た時には普通に降っていた雪が、洞窟のある山に近づけば近づくほど激しくなった。風は正面からマトモに吹き付けてくる。オウルは十歩進むごとに魔磁針で方角を確認し、寒さ除けの呪文や雪除けの呪文を絶え間なく唱え続けなくてはならなかった。

魔物の襲来もある。そちらはティンラッドが片付けるとはいえ雪グマの爪は強力だし、群れをなして襲ってくる雪オオカミも厄介だ。姿を見るだけで肝が冷える。

「クマなんだから冬眠しててよ」

ロハスが情けない顔で泣き言を口にした。

「だから雪グマなんだろう」

ティンラッドは軽く答える。

半日足らずの距離ということだったが、そんなこんなで道のりは進まない。目当ての小屋に着いたのは、日が傾き始める時間だった。

「ムリは禁物。今日はここに泊まるよ」

ロハスがかじかんだ指で小屋の扉を開ける。中に足を踏み入れたオウルは、感心して部屋を見回した。一見すると粗末な小屋だが、実際には魔力による防壁が張りめぐらされて寒さや外からの襲撃を受け付けないようになっている。さすが魔術師の都で師と呼ばれた人物だけあり、術構成に隙がない。

「石炭は……これか」

ロハスが忙しく立ち働いて、暖炉に火を入れる。部屋はすぐに暖まった。

「ここにタラバラン師はずっと住んでいたのか」

「うん。知ってる人だった？」

「いや。俺が魔術師の都に入ったころに、入れ替わりで隠退された方だからな」

答えてしまってから、オウルは気まずい顔で口を閉ざした。ロハスは軽く笑う。

「やっぱりね。月桂樹の杖を持っていたから、都で正式に勉強をした人だと思ったんだ。地方の魔術師の弟子とかじゃないってね。威張れることでしょ、なんで黙ってるんだよ」

「いろいろ事情があるんだ」

オウルはもごもごと言って立ち上がった。

「ここに師の研究の記録なんかが残っているのかな。おきっぱなしじゃまずいだろう」

「さあ。貴重な物はお嬢さんが引っ越してくるときに運びだしたらしいけど。奥が書斎だってよ」

「見学させてもらおう。それくらいはいいだろう」

オウルは奥の部屋の扉の前に立った。侵入者を妨害するための防御呪文の存在を予期したが、案に相違して魔力の痕跡はなかった。拍子抜けするほど簡単に扉は開いた。

ごく当たり前の書斎だった。本棚にはたくさんの魔導書が収められている。棚がいくつか空いているのは引っ越しの際に中身を持ちだしたからだろうか。残っている本をオウルは丹念に眺めたが、古典的なものばかりでタラバラン自身の研究記録らしいものは何もなかった。

(そりゃそうか。娘っていうのが弟子なんだろうし、最優先で持ちだすよな)

居間に戻ろうと振り返る。そちらからは、食糧を分けるロハスとティンラッドのにぎやかな声が聞こえていた。

「おい。俺の分も残しておけ」

大声を上げた時、足元でカサリと音がした。帳面からちぎれたような紙が一枚、忘れ去られたように床に落ちていた。

「なんだこりゃ」

拾い上げて確認すると、意味をなさない文字の列がびっしりと書き込まれている。魔術師の研究記録の一部だと直感した。何かの拍子にちぎれて落ちたのだろう。

「届けてやるか」

呟いてその紙を懐に入れ、それきりそのことは忘れた。

その晩は小屋の床でそれぞれ寝袋と毛布にくるまり、ゆっくりと休んだ。翌朝は早く起きて洞窟を目指す。

「目と鼻の先らしいんだけどねえ」

ロハスは浮かない表情で言った。

小屋の窓から外をのぞいて見ても、雪嵐がひどすぎてほとんど何も見えない。風は絶え間なく窓の鎧戸を揺らし続けている。厄介な行軍になることは明らかだった。

「まあ、ここまで来たんだから着けるだろう」

ティンラッドはのんびり言う。危機感を持ってもらいたいとオウルは思った。

全員に寒さ除けと雪除けの呪文をかけるが、これも気休め程度だと思う。雪グマの毛皮を身に着けても防ぎきれないほどの冷気が押し寄せてくるのだ。小屋を出る前に酒を腹に入れて少しでも中から体を温めることにした。

更に、はぐれないようにと三人の体を縄でつないだ。魔物に会った時に困るかもしれないが、落《らく》伍《ご》も同じくらい危険である。

「なに、この雪じゃあ魔物も出てこられないさ」

ティンラッドは軽く言った。どうせ根拠はないのだろうが、少しは気が軽くなるなとオウルは思った。それに言われてみれば、前日は雪がひどくなるほど魔物の出現が減ったような気もする。ならば少しは根拠があるのかもしれない。

ティンラッドを先頭にオウルが真ん中、ロハスが最後になって一列に並ぶ。オウルは地図と魔磁針を用意し、一足ごとにそれを確認するつもりでいた。

しかし一歩目を踏みだそうとした時、いきなりすごい勢いで前のティンラッドに引っ張られた。すっ転んだところへ、それに引っ張られたロハスが後ろから倒れ込んでくる。

「い、痛い、重い、冷たい、どけえ！」

雪の中に押し込まれながら、オウルはわめいた。

「魔術師さんが引っ張るからだよ。動かないで、縄が絡まって立てない」

「俺じゃねえ。俺も引っ張られたんだよ」

怒鳴りあっていると、

「まったく。何をやっている」

ティンラッドの声がして、乱暴に背中をつかまれ雪から引き抜かれた。

「一歩目からこれじゃあ先が思いやられるじゃないか。ちゃんと歩きなさい」

説教され、オウルはキレた。

「あんただ、あんた。船長が引っ張りすぎるから転んだんだよ。後ろに二人くっついてるんだ、少しは考えて歩けよな」

「私は普通に歩いただけだぞ。ついてこられない君たちが悪い」

ティンラッドはどこ吹く風である。

「ふざけんな。あんな大股に歩かれてついていけるわけがないだろう」

「さっさと歩かないと凍えるじゃないか。走っていくぞ」

「あんた、俺の話聞いてないのかよ。方角を確かめながら歩かないと迷うから、一歩一歩慎重に行くぞって昨日打ちあわせたじゃないか」

「知らない。聞いてないぞ」

「魔術師さん。この人、その話の時にはもう寝てたよ」

妙に冷静にロハスがツッコんでくるのが余計に腹が立つ。

そんなわけで雪嵐という難敵を前に、三人の足並みがそろうまでしばしの時間がかかった。


数時間後、ようやく洞窟の中に入り込むことに成功したオウルとロハスは、疲れきってその場に座り込んだ。足元も壁もじめじめしているが、今ばかりは気にならない。二人を牽引《けんいん》する役目から解放されたティンラッドはのびのびと周りを歩き回っている。

「今、何時だ？」

「さあ。お昼は過ぎてると思うよ」

わずかな距離を進むのに半日かかった。それだけ嵐は強烈だった。

「でも、オレの言ったとおりだったでしょ。ちゃんと抜けられるじゃない」

「抜かせ。無茶させやがって」

オウルはとげとげしく言う。ロハスも口をとがらせた。

「いいじゃん、結局オレも来てるんだから」

「当たり前だ。この点だけは船長が正しい。言いだしっぺなんだから責任くらい取れ」

そのティンラッドは、洞穴の奥の方をのぞき込んでからスタスタと戻ってきた。

「おい君たち。いつまでへたり込んでいる。さっさと進まないと日暮れまでに小屋に戻れないぞ」

その言葉を聞いただけでげんなりする。なんでそんなに元気なのだ。

「待て。船長、とにかくいったん休もう」

「そうそう。中にどんな魔物がいるかわからないんだから、体力の回復をはかっておかないと」

ロハスが調子を合わせる。オウルは初めて『こいつがついてきていて良かった』と思った。

「お昼にしよう。食べて食べて」

例の『なんでも収納袋』から食糧や酒瓶を取りだす。それを見てティンラッドも腰を下ろした。

「こんなところで食べるのはイヤだな。辛気臭い」

「ご不満だったら外で食べてきたらどうですか」

オウルは辛辣に言う。ティンラッドはいつもどおり気にしない様子で、むしゃむしゃと食糧を食べ始めた。

「ほら。魔術師さん」

ロハスが魔力回復薬を差しだす。オウルは嫌そうな顔をした。

「それ、苦手なんだよなあ。回復って言うが、本当に回復するには十分に休養を取らないとムリなんだよ。その薬は結局、体に残ってる魔力を無理やり集めてその場しのぎをするだけだ。飲むと後で疲れがひどいんだよ」

「飲まなくても平気ならいいんだけどさあ」

疑うような目つきをしながらロハスは言う。オウルは黙り込んだ。小屋からここまで絶え間なく雪除けや寒さ除けの呪文をかけ続けて、魔力量は半分に減っている。

「後のことを考えるのもいいけど、まずここから生きて帰れなくちゃ意味がないよね」

金の亡者のくせに利いた風なことを言いやがってと、オウルはかなりイラッとした。その上、後でしんどい思いをするのはオウルだけである。まことに面白くない。

しかしロハスが言うのは正論だった。オウルは手を伸ばして回復薬を取り、仕方なく飲んだ。


入り口あたりは雪明かりで薄明るかったが、奥に進むと見通しはきかなくなった。

「寒いな」

オウルは自分の体をさする。

「風がないだけずいぶんマシだけどね」

答えてから、何かに気づいたようにロハスが目を細める。

「どうした」

「いや、前の方。何か光らなかった？」

「光？」

オウルは暗闇を見通そうと目をこらす。その時、無数の羽ばたきが洞窟に響いた。顔に体に、小さなものがバシッバシッと当たってくる。

「なんだ、これ」

「痛い、引っかかれた、噛《か》みつかれた、毒が回るう、回復呪文で助けてくれぇ」

ロハスの悲鳴が響く。

「うちのパーティに神官はいねえよ。毒消しなら持ってるだろ、自分でなんとかしろ」

怒鳴り返しながらオウルは暗闇を見据える。小さなものがそこらじゅうを飛び回っていた。それだけはわかるが、暗くてハッキリしない。

「オウル。なんとかできないか、相手が小さすぎてどうしようもないぞ」

ティンラッドも困っているようだ。オウルは魔術の準備動作に入った。

「とりあえず明るくするぜ、船長」

ルミナの呪文を唱える。杖の先に光をともす基本的な魔術だ。

輝きに目が慣れた時に三人が見たのは、洞窟を埋め尽くすように飛び交う無数のコウモリだった。

「うひゃあ、気持ち悪い」

ロハスは泣きださんばかりである。

「ただの洞窟コウモリだ。魔物としては下級だな。喜べ、毒はないぞ」

「毒がなくても、オレは繊細で柔弱な美青年なんだよぅ。こんなのに噛まれて、雑菌が入ったら病気になるぅ」

「唾でもつけとけ」

オウルは冷淡に言った。バカの相手をしている場合ではない。

ティンラッドは刀を振り回しているが、相手が小さいのと数が多いのが相まってほとんど意味をなしていない。本来、洞窟コウモリは光を嫌う魔物だ。周囲が明るくなれば逃げていくはずなのだが、攻撃を受けて興奮しているのか次から次へと襲いかかってくる。

「おい、聖水があっただろう。あれを出せ」

「え？」

声をかけたが、ロハスはコウモリに気を取られて言われた意味がわからない様子だ。苛々《いらいら》したオウルは肩をつかんで揺さぶった。

「聖水を出せ。あのなんとか言うふざけた袋から出せ」

「あ、ああ。聖水、聖水ね」

合点《がてん》がいったのか、ロハスは『なんでも収納袋』をゴソゴソ探りだした。取りだされた聖水をオウルが自分と仲間たちに振り掛ける。魔物除けと言っても気休め程度の効果なのだが、洞窟コウモリ程度の小さな魔物には十分有効な様子だ。コウモリたちが逃げるのを見て、三人は安堵《あんど》した。

「やれやれ」

オウルはロハスを睨む。

「これくらいで度を失われちゃ困るぜ。必要なものはみんなお前が持ってるんだ、必要な時に取りだせないと困るんだよ」

「だって、オレはしがない裏方要員なんだよぉ。前線に立って戦うなんてことなかったんだよ」

そんなの俺だってそうだとオウルは言いたかったが、パーティの先輩として余計なことは言わないでおくことにする。

「とにかく三人しかいないんだ。ちゃんとやってくれないと困るぜ」

「そうだよ、なんで神官がいないんだ。パーティには絶対いなきゃいけない職業だろ」

今更ながらその点にツッコミを入れるロハス。

「さあ。そんなことは船長に聞いてくれ」

諸悪の元凶はコウモリに噛まれたり引っかかれたりした傷痕を調べており、大したことがないとわかるとまた元気に刀を振り回した。

「よし行くぞ君たち。まだまだ奥は深そうだ」

オウルはもう一度ため息をついた。

その後は、白ヘビ（毒あり）、目無しトカゲ（同じく）などの襲撃がちょこちょこあったものの、どれも強い魔物ではなく聖水の効果だけで逃げていく。オウルはティンラッドに頼んで、白ヘビを数匹捕まえてもらった。

「ヤダよ。そんなモノ、オレの大事な家宝の袋に入れられないって」

白ヘビの死骸を『なんでも収納袋』に入れろというオウルの要求に、ロハスは抵抗した。

「こいつはいい毒消しの材料になるんだよ。売ってるものよりいいものがタダでできるんだ。あんた、タダが好きだろ」

「うむう」

ロハスはかなり葛藤したが、結局タダという言葉に負けておとなしく白ヘビを袋に収納した。

「ところで、ここからどうする」

洞窟の先は三つに分かれている。

「うーん。地図だと左なんだけどねえ。オレの目的地は」

ロハスが懐から地図を出して呟いた。オウルは眉を吊り上げる。

「なんだ、こいつ。俺たちに内緒で洞窟の地図なんか持ってやがる」

ロハスはしまったと舌打ちした。

「いいじゃん、どうせ一緒なんだし。やっぱり商売ネタの情報は自分で押さえていないとね」

「いいや良くない。良くないぞ。これは重大な背信行為だ」

オウルがくってかかるのを横目に、ティンラッドは悠然と歩き始める。

「船長、待てよ。まずこの野郎にヤキを入れないと」

「船長さん、そっちじゃないよ。オレが行きたいの」

二人が同時に声をかけるとティンラッドは振り返り、嬉しそうに笑った。

「行くならこっちだ。魔物の気配が強い。魔物退治に来たんだ、強い魔物を倒さないとな」

オウルとロハスの顔からは一気に血の気が引いた。

「いや待て。待てって船長。何も自分から危険を求めに行かなくても」

「そうそう。オレは商売のネタすら確保できればいいんだから」

「何を言っている」

ティンラッドは不思議そうに首をかしげた。

「私たちはこの洞窟に巣食う魔物を倒しに来たんだろう。そうじゃないのか」

そう言われると二人とも反論できない。確かにそのとおり。そう言って町を出てきたのだ。

オウルは諦めて歩き始めた。後は運とティンラッドの戦いの技量にすべてを委ねるしかない。

しばらく歩いて、彼は振り返った。ロハスはまだ立ち止まっている。

「おい。来いよ」

怖気《おじけ》づいたのか返事がない。オウルは肩をすくめた。

「ここに残っていたいなら別にいいけどな。何か襲ってきても俺たちは知らねえぞ」

その言葉にロハスははじかれたように飛び上がり、あわてて二人を追ってきた。

「オレ、すごく失敗した気がする。人生の選択を」

しきりに繰り返すのを聞いて、オウルは『今頃気づいたか』と思った。


その道は少し下り坂になっていた。暗さを増していく洞穴を三人は慎重に進んでいく。進めば進むほど冷気が強くなるようだった。足元にも氷が張っていて、気をつけて足を踏みださないと滑った。濃くなった闇の中では杖の先に灯《とも》った魔力の光も弱々しく見える。誰ともなく言葉少なになっていた。

この道の先に大きな魔力の波動がある。それは確実に強くなっている。魔術師であるオウルには、手に取るように感じられた。ティンラッドとロハスも少ないとはいえ魔力持ちだ。そのことを肌で感じているのだろう。緊張感だけがじりじり高まる。そして突然目の前が開けた。

「なんだ、ここは」

オウルは思わず呟いた。

その場所は広間のようになっていた。壁面も足元も厚い氷で覆われている。天井は見上げるほど高く、氷柱が長く垂れ下がっているようだ。中央には巨大な氷の塊があり、ひどく寒かった。

「帰ろう。今すぐ帰ろう」

ロハスが言った。

「寒いし冷たいし、なんにもないじゃん。帰ろう」

繰り返し主張する。だがティンラッドは口許を吊り上げニヤッと笑った。

「なぜ戻る必要がある。いるぞここに。感じないか、魔力が集まっている」

オウルは感じていた。巨大な魔力が渦巻き、一ヵ所に集まっていた。流れの先を見据え、オウルは眉間にしわを寄せる。観相鏡を取りだし鼻の上に乗せた。

「来るぞ。気をつけろ」

ティンラッドは嬉しそうに刀を抜き払った。


巨大な氷が動き始めていた。塊がほぐれる。巨木の幹ほどもある長い腕が伸び、壁を叩くと洞窟全体が揺れた。氷のかけらがパラパラと降ってくる。もう一本の腕も伸ばして、塊は立ち上がった。

それは人型をしていた。といっても人間にはあまり似ていない。小さな子供が粘土でこねあげたような醜悪でいびつな人型だ。

だが巨大だった。長身なティンラッドの三倍はあるだろうか。二本の腕は長く太く、脚も同じように重量感がある。胸板は壁よりも厚い。

頭らしき部分の目のあたりに、二つくぼみがあった。その『目』が氷の冷たさで彼らを見た。そう感じた。

「おい。君は魔王か」

ティンラッドがいきなり大音声を上げる。その声は氷の壁や天井にぶつかりこだました。

オウルにはひどく滑稽な問いかけに感じられたが、船長は大真面目である。

「聞いているんだ、返事をしなさい。君は魔王なのか」

返事はなかった。氷の巨人は無言で腕を振り上げ、ティンラッドに向かってそれを振り下ろした。

轟音《ごうおん》が響いた。氷が砕けて破片が飛び散る。ひらりと跳んでそれを避けた自称船長は、

「どうやら魔王ではなさそうだな」

つまらなそうに肩をすくめた。

「知性はないようだ。そんなことでは他の魔物を従えるなどできはしないだろう」

刀を構える。白い刀身は『皓月』だ。

「まあいい。どちらにしても倒すまでだ」

言葉と同時に刃が一閃《いっせん》する。斬撃が巨人の右手を切り落とした。

「ふん。大きいだけか」

ニヤリと笑う。

いっぽう、オウルは観相鏡で相手のステイタスを見ていた。

こおりのきょじん

つよさ：八百五十
すばやさ：二百八十
まりょく：四百八十
たいりょく：七百二十

巨人はとんでもなく強かった。素早さは人間の戦士並みだが、膂力《りょりょく》は遥《はる》かに人を超えている。どれほど研鑽《けんさん》を重ねても人間のステイタスの数値は五百を超えることはない。それが巷間《こうかん》で言われる『人の限界』だ。

それを軽々と上回る数値を持つ魔物と対峙《たいじ》することは、死と向かいあうのと同義である。しかも敵はかなりの魔力も併せ持っている。力押しだけで来ると考えるのは楽観的すぎるだろう。

「船長、魔力攻撃にも気をつけろ」

わかったと答えが返る。オウルはすぐさま杖を構えて、パーティ全員に対しての防御呪文の準備に入った。物理攻撃に対しても魔法攻撃に対しても一定効果を上げる術だが、人を超えた怪物に対してどのくらい有効であるものか。そう考えると額に脂汗がにじむ。

防御呪文の次は攻撃力を底上げする術だ。自分やロハスにかけても焼け石に水だが、ティンラッドが相手なら話は違う。俊敏さでは船長が勝っている。それを上手《うま》く使えば立ち回る目も出てくる……かもしれない。

オウルにできるのはここまでだ。後は運を天に任せるしかない。

「魔術師さん、あの魔物ってどのくらい強いの」

青い顔で聞いてくるロハスにオウルは、

「見ない方がいい」

とだけ言った。

「それよりヤバいぜ」


巨人の体内に魔力が満ちると、広間の温度が一段と下がった気がした。

そしてミシミシと軋《きし》むような音を立てながら、ティンラッドが切り落とした右手が再生した。

「ふふん。それくらいでなくては面白くない」

ティンラッドはそううそぶいたが、オウルの表情は険しい。

「うちの船長は強い。だけどあいつの再生力が底なしだとしたら、こっちが負ける」

「だったらどうするんだよ」

ロハスは完全にあわてている。

「魔術師さんもさ、ぼーっと突っ立ってないで攻撃呪文とか使ってよ。氷の怪物なんだから、炎の魔法とかさ。ほら、ドバーッとやっちゃってちょうだいよ」

「できればやってるよ」

オウルは捨て鉢に言った。

「はい？」

目を丸くするロハスに噛んで含めるように教えてやった。

「俺はな、戦闘屋じゃないんだよ。補助呪文はそこそこ使えるし、生活に役立つちょっとした呪文なら山ほど知ってる。だけど戦闘用の呪文は使えない」

ロハスの口がぽかんと開いた。

「詐欺だ」

「人聞きの悪い。俺は一度も自分が強いなんて言った覚えはないぜ」

「確かにそうだけどさあ！」

ロハスは子供のように地団駄を踏む。

「なんだそれ。なんだこの状況。オレに死ねって言ってんの？　自殺ならヨソでやってくれ。迷惑だ」

「迷惑はこっちだよ」

オウルも言い返す。

「お前が言いだしっぺなんだよ。船長はやる気のようだが俺は迷惑もいいところだ。ほら、ごちゃごちゃ言ってる場合じゃないぞ」

斬りつけてくるティンラッドを捉《つか》まえようと巨人は腕を振り回す。拳が猛烈な勢いで壁にぶつかった。氷のひび割れが天井まで走り、垂れ下がっていた氷柱がぐらぐら揺れる。

「防御呪文はかけてあるが、自分の身は自分で守れよ。面倒見きれないからな」

ロハスはひいと叫んだ。ヒノキの棒を頭の上でやたらに振り回す。

そこにとがった氷柱がいくつも落下してきた。あるものは大地にぶつかって砕け、あるものは地表に穴を開けて突き刺さる。近くで見るとひとつひとつが人間の胴回りほどもあった。直撃を受けたら確実に命はない。

「ひええ」

完全に腰が抜けた様子でへたり込んだロハスに、オウルは声をかける。

「座ってる場合じゃない。またいくらでも落ちてくるぞ、しゃんとしろ」

「そんなこと言ったって、これじゃ命がいくらあっても足りない」

「お前が俺たちをここに連れてきたんだろ。諦めろ」

くだらない言いあいの間も、ティンラッドは戦い続けている。氷柱の間を走り抜け、身軽に刀を振るうと氷が砕ける音が洞窟に響き渡る。

だが巨人が身を震わせ体に魔力を集めると冷気が一段と強くなり、傷ついた巨人の体は元どおりに再生してしまうのだ。

「我慢比べというわけか」

ティンラッドは刀をひと振りして刃に付いた氷を払った。

「面白くないな。他に芸はないのか」

巨人の不格好な太い指が彼をつかもうと伸びてくる。その手にティンラッドは乗った。氷の体の上を、わずかな足掛かりをたどって駆け登る。うるさい虫を叩き潰そうと、氷の魔物はのろのろと右腕を上げた。

ティンラッドは跳んだ。一拍遅れて、巨人の手が自らの腕を強打する。飛散した氷の欠片《かけら》が海の陽光に灼《や》けた頬を傷つけた。肩に着地したティンラッドは、すかさず『皓月』を構える。

「魔斬」

体内の魔力を白い刀身に集める。『皓月』の刃が明々と輝いた。

「清明皓月」

斬撃が巨人の頭を跡形もなく粉砕した。会心の一撃を叩きだす剣技に魔力を上乗せし、威力を倍増させる。これがティンラッドの奥義である。

「や、やった？」

離れた場所から見ていたロハスとオウルは、その様子を見て息をのんだ。だがティンラッドは眉をひそめた。巨人の体に凝る魔力の流れはまだ止まらない。

素早く身を翻し巨体を滑り降りた。広間はいっそう冷気に包まれていく。ぴきぴきみしみしと音を立て、巨人の頭が再生した。

「ふん。しつこいな」

つまらなそうにティンラッドは呟いた。

「頭をやってもダメなのかよ」

ロハスはがっくりうなだれて、凍り付いた地面に膝をついた。

「こりゃダメだ。ここで死ぬのはイヤだよぉ」

オウルは眉間にしわを寄せて観相鏡の数値を睨んでいた。回復するたびに巨人は魔力を消費しているが、それはさほど大きなものではない。膨大な魔力をすべて消費し尽くすまでには何十回でも回復することが可能だろう。

状況は思った以上に悪い。先ほどティンラッドが放ったのは決め技だったはずだ。それでも敵《かな》わないとなると……。

「ん？」

オウルはさらに眉をひそめる。魔力の流れがおかしい。巨人は今までより多くの魔力を身内に集めている。

「気を付けろ。あいつ何かやる気だぞ」

オウルは叫んだ。ロハスはひいっと言って、しゃがんで頭を抱え込んだ。

巨人の再生した頭が下を向く。その口のあたりから強烈な冷気が放たれた。

雪グマの毛皮にみるみるうちに霜がついていく。懐に忍ばせた魔力のカイロも暖かさも感じられなくなる。刃物のような冷気がむきだしの顔を切り苛《さいな》む。

「凍る……生きながら凍っちゃうよぉ」

ロハスがうめいた。

「バカ、しゃべるな」

雪ぎつねの襟巻で顔を覆いながら、オウルは叱咤《しった》した。

「肺の中から凍っちまうぞ。あいつの方を向くな」

だが彼の胸にも絶望が広がっていく。あの魔物には勝てない。戦えもしないのに魔物の巣に飛び込んだ結果がこれだ。自分たちではどうにもできない相手にぶつかってしまった。その先にあるのは死という結末のみ。


その時、からからという笑い声がした。

オウルとロハスは驚いて顔を上げる。氷柱の間でティンラッドが笑っていた。

「それがお前の攻撃か？　大したことはないな。雪嵐の方が厄介だったぞ」

快活な顔で二人の方を振り返る。

「なあ、君たち。あっちこっちから風が吹き付けてきてひどく難儀したな。あれに比べたら、一方からしか来ない冷気などつまらない攻撃だろう」

いつもの顔で笑う。

オウルは呆《あき》れた。気温はおそらく外よりも下がっているのだ。この氷の広間は人間が呼吸するだけでも辛《つら》い温度になっている。

だが間違いとも言いきれない。絶え間ない強風にさらされ続けた場合、体感温度は実際よりも低くなる。雪嵐の中を歩き続けたことを思えば、今の状況もまだしのげるかもしれない。少なくともティンラッドは諦めていないのだ。

「じゃあオレはこの辺でズラかるわ。後は二人で死んでくれ」

ティンラッドの言葉で、ロハスもいくらか元気が出たらしい。変な方向に気力を使い、広間の出口に走ろうとする。オウルは外套を後ろからつかんで引きとめた。

「離せよ。オレはこんなところで死ぬのはゴメンなんだって」

「待て。まだ俺たちにもできることがある」

暴れるロハスを、オウルは低い声で脅した。

「俺ひとりじゃ手が足りない。手伝え。逃げるようなら魔術で二度と女が抱けない体にしてやるからな」

ロハスはうめき声を上げ怒りの表情を浮かべたが、従うほかはなかった。

まず、『なんでも収納袋』の中からできるだけ大きな鍋を出せと命令した。

「鍋なんか何に使うのよ」

不満と不安を顔いっぱいに浮かべながら、ロハスは渋々と袋を探る。大きくて深い煮込み鍋が引っ張りだされた。

「上出来だ」

オウルはうなずいた。

「次は、そこらから氷の欠片を集めてこの中に入れる。急げ」

「なんでそんなことを」

恐怖でイカレちまったのかと、ロハスはこっそりオウルの横顔を見た。いや、あの船長もこの魔術師も、どちらももともとイカレていたのだ。それに気づかず商売の話を振ってしまったのは一生の不覚だった。

だが相手が何をしてくるかわからない以上、言われたとおりにするしかない。イカレた魔術師というのは魔物に負けず劣らずタチが悪いのだ。

「よし、いっぱいになったな」

オウルは鍋の中を満足そうに見て、その上に月桂樹の杖を掲げた。

「ローシェイ」

言葉が発せられると同時に魔力が閃《ひらめ》く。次の瞬間、鍋の中身はぐつぐつと煮立った湯に変わっていた。今の呪文は水、または氷を瞬時に沸騰させるものである。主に調理の際に使用される。

「次だ。小さな革袋はないか。なるべくたくさんだ」

「革袋？　それなりにはあるけど」

ロハスが出した革袋を使ってオウルは熱湯をすくった。

「あとは投石器だ。紐《ひも》の長いヤツがいい」

「はい？　あるけどさ」

ホントになんでも入っているなとオウルは苦笑した。

熱湯を詰めた革袋の口を固く締め、投石器を手に取った。よくある形のものだ。石を入れるべきところに革袋を押し込んだ。手袋越しでも火傷《やけど》しそうだが気にしている余裕はない。どうせ空気は身を切るように冷たいのだ。これで釣りあいが取れると無理やり思い込む。

「あんた、投石器なんか使えるのかよ」

ロハスが不審そうな顔で言う。

「ガキのころはこれでウサギを獲《と》った」

オウルは短く答えた。もっともずいぶん昔の話だ。体が要領を覚えているかどうか。

長い紐の片方を手首に固く巻きつける。もう片方を拳に握り込み、その状態で投石器をぐるぐると振り回す。頭の上で回す方が狙いが付けやすいと言う人間もいるが、オウルは体の横で回す方が性に合っていた。子供のころの感覚を思いだす。幸い、的はウサギよりはるかに大きい。

十分に勢いがついたところで握り込んだ紐の端を離した。この時、程よい場所に石（この場合は湯のつまった革袋だが）がないと攻撃はとんでもない方向に飛んでいってしまう。狙った場所に当てるには熟練した腕が必要だ。

オウルの放った湯入りの革袋は、氷の巨人の足元少し前に落ちた。

「はずしたか」

オウルは舌打ちする。すぐに次の革袋を湯に浸し、新しい『砲弾』を作る。

「おい。ボーっとしてないでお前もやれ。とにかく数を撃つぞ」

「オレ、そんな野蛮な遊びしたことないよ」

仰天するロハス。

「やったことなきゃ覚えろ。とにかく多少でも攻撃になりそうなことをするんだよ」

オウルは怒鳴り返した。

離れていたところから眺めていたティンラッドは、

「なんだ、面白そうなことを始めたな」

と笑った。

二人は湯気の立つ大鍋から湯をすくっては、投石器を使って巨人に投げつけている。オウルの道具の扱いには慣れが感じられ、投げつけているものも命中していた。ロハスの方はまったくダメで、三回に二回くらいは見当はずれの方向へ飛んでいく。それでも的である巨人が大きいので、少しは当たっているようだった。

「思いがけないことをしてくれる」

くっくっと笑う。それから鷹《たか》のようなまなざしで魔物の足元を見た。

巨人に対して、オウルたちの投げつけている湯の弾丸は小さすぎる。命中しても一瞬湯気を上げるだけで、すぐ温度を失ってしまうようだ。それでもほんのわずかだが、氷の体を溶かしてはいる。

「オウル！」

彼は叫んだ。

「足元だ。直接当てなくてもいい。足を狙え」

それが聞こえたらしく、すぐにオウルは狙いを変えた。ロハスについてはまあいいと思う。あの腕ではどこを狙っても同じことだ。

が、そこでロハスも意外な行動に出た。投石器を放り捨て、懐から出した袋に右手を突っ込む。その中から長い竹筒が引っ張りだされた。その先に何かを当てている。油を壺《つぼ》に移す時に使う漏《ろう》斗《と》だろうか。続いて二人は鍋を持ち上げ、残っていた湯をそこに注《つ》ぎ込《こ》んだ。やがて竹筒の反対側から湯があふれだし、巨人の足を濡《ぬ》らした。

なるほどとティンラッドはうなずく。あの方が効率がいい。たとえ巨人に対してはひしゃく一杯ほどの湯量であったとしてもだ。

二人はまた鍋に氷を集め始めた。今の作業を繰り返すつもりなのだろう。そちらに向けて魔物はのっそりと足を前に踏みだした。

「おっと、君の相手は私だ」

ティンラッドは地面に突き刺さった氷柱の林をすり抜けて巨人に肉薄した。脛《すね》のあたりを狙って斬撃を叩《たた》き込《こ》む。氷の脚が半ば両断され、魔物は片方の膝を地に着けた。

そこを狙って後方の二人が湯を流し込む。シュウシュウ音を立てる熱湯が丸太のような足の指を少し溶かした。

巨人が魔力を集めると冷気が渦巻き、ちぎれかけた脚は元どおりになっていく。しかし溶かされた指先は欠けたままだった。それに気づいたティンラッドは、すぐに仲間の下へ走った。

回復しないわけではないだろう。頭を粉砕されてもすぐさま回復する魔物だ。切ったり砕いたりされるのに比べ、『溶かされた』部分は復元に時間がかかる。それだけと思った方がいい。だが、そこに付け入る隙があるかもしれない。

「君たち。私にもそれをよこせ」

湯を沸かしているオウルとロハスのところにたどり着くと、彼は早口に言った。

「なるべくたくさんがいい。壺か何かあるか」

「壺ならいろいろ」

収納袋に手を突っ込みかけてからロハスは疑い深そうな目でティンラッドを見る。

「船長さん。壺、何に使うの」

「あいつにぶつける」

何を当たり前のことをという口調で船長は答えた。ロハスはため息をついた。

「じゃあ安いヤツにしとくよ。大きいヤツがいいんだね？」

「ああ。その鍋の湯が全部入るようなものが欲しい」

言えば注文どおりに出てくるのがロハスのいいところである。大きさだけは立派な壺が鍋の傍《そば》におかれた。ティンラッドはその中に湯を注ぐよう命じた。二人は不器用に鍋を持ち上げ、息を合わせて壺に熱湯を注いだ。

「背負子《しょいこ》はいるかい」

ロハスが親切に声をかけた。ティンラッドは首肯した。たっぷりの湯が入った壺を背中に担ぎ、彼はまた魔物に向かっていった。

「俺たちの方は、足場崩しを続けろってことだけど」

氷の欠片をまたかき集めながらオウルが言う。

「お前な。もうちょっとマシな壺はなかったのか」

「いいじゃない、どうせ壊すんだもの。もったいないなあ」

「もったいないってほどの品かよ」

遠ざかっていくティンラッドの背中を眺める。背負子に載せられているのはひどく不格好な素焼きの壺だった。大きさだけは大きいが、形が歪《ゆが》んでいる。おまけに笑っているようにも泣いているようにも見える奇妙な顔がついていて、ひどく滑稽だ。命がけの状況にまったくそぐわない。

「とある町の商売人のおじさんが趣味で作ってたんだけど、これがまあ腕が悪くてね。亡くなった後にあんな壺が山ほど残って、ご家族も困りきってってさ。そこにオレが現れて、全部まとめて買い取ってあげたわけ。いやあ、こんなこともあろうかと思ってねえ」

自慢げに言うのをオウルは軽く睨む。

「何かの利権と引き換えにして安く買い叩いただけだろ」

ロハスは否定せずに話を変えた。

「だけどこれ、何かの役に立っているのかなあ」

言いながら新しい湯を竹筒につけた漏斗に注ぎ込む。

「さあね。船長がやれって言うんだから無意味じゃないんじゃないか」

オウルは投げやりに答える。自分で始めたことながら効果が上がっているように見えないと思う。しかし何かやることがあれば恐慌に取りつかれないではいられる。

「さあ次だ。また氷を集めるぞ」

と彼は言った。


ティンラッドは走った。背中の壺は重い。だがこれが勝負を決すると信じた。体内に残った魔力を計る。先ほど魔斬を一度使ったが、まだ撃つことは可能だろう。

巨人の手が伸びる。握り潰そうとしてくる指を叩き折り、もう一度肩に向かって巨体を登った。敵は振り落とそうと腕を振る。胴体に飛び移り、今度はそちらを駆け上がる。

なんとか肩までたどり着いた。ここからが本番だ。魔力を刀に集中させる。同じことはさせまいと魔物が払い落とそうとしてくる。だが遅い。

ティンラッドは跳んだ。そのまま空中で皓月を構える。

「魔斬・清明皓月」

刀身が輝く。渾身《こんしん》の魔力を叩き込む。再び敵の頭が砕け散った。そして、今度はそれだけでは終わらせない。

空中で身をひねり頭を下に向けると、背負子も一緒に逆さになった。熱湯をぶちまけながら壺は魔物の頭の残骸に落ちていき、砕けた。大量の湯気が上がる。

敵の体、壁、また体と次々に蹴りつけながら、ティンラッドは無事に足から氷の地面に降り立った。氷の魔物は、頭のあった場所を両手で抱えるようにしている。巨体に魔力が集まって冷気が立ち上る。再び壊れた頭が元通りに……ならなかった。思ったとおり湯がかかった部分は再生せず、巨人の頭部はでこぼこの異様な造形になっていく。

頭部が完全に復元されなかったことで、機能に支障が出たのだろうか。魔物は太い腕をめちゃくちゃに振り回し始めた。もはや人間たちに注意を向ける様子もない。

足取りも怪しくなってきた。巨体が壁に激突し、空洞が揺れる。氷柱が次々に落下してくる。

「君たち、よけろ」

ティンラッドは叫び、壁のくぼみに飛び込んだ。オウルが身をひるがえすのが見える。と思うと腰を抜かしているロハスを引きずって走りだした。その姿もすぐに落ちてくる氷柱の陰に消えた。しばらくの間、氷柱が大地に激突して砕け散る轟音と、視界を塞ぐ氷煙で何が起きたのかもわからなくなった。

それが一瞬だけ治まった時、くぼみから身を乗りだしたティンラッドは仲間二人が別のくぼみで身を縮めているのを見た。無事な様子に微笑《ほほえ》んでから、表情を引き締め敵の姿を探す。巨人は彼らに背を向け、奥の壁に向かってふらふら進んでいた。

氷の壁に体当たりする。地響きが起こり広間全体が震える。洞穴を覆った厚い氷にひびが入っていく。またしても氷柱の雨が降る。

「こりゃひどい」

オウルは呟いて、狭いくぼみで更に身を縮こまらせた。足元ではロハスがひっきりなしに祈りの言葉を唱えている。

敵の注意が逸《そ》れたのは良いのだが、あの調子で暴れられたら広間の天井が崩れかねない。そうなったら一巻の終わりだ。かといって逃げだすこともできない。大きな氷柱が間断なく落ちてくるのだ、あれに貫かれたら無残な肉塊になるだけである。

逃げても死、逃げなくても死。

(こりゃあ詰んだか)

オウルは思う。無理やり旅に引きずりだされた時に長生きは諦めたが、それにしてもあんまり早すぎるのではないか。更に言えば、岩盤に押しつぶされるのも氷柱に刺し貫かれるのも死に様が悪い。

同じ死ぬにしても、どうせならマシな死に方をしたい。そう思いながら顔を上げて怪物を見る。

場の魔力が乱れていた。まるで外の雪嵐のようだ。氷の広間でもっとも大きな力を有する巨人が、自分を統御できずに苦しみ暴れている。

原因はやはりいびつに再生した頭部だろうか。ティンラッドが湯をかけたために再生は中途半端に終わった。粉砕されても平然としていたくらいだから、あそこで何かを考えたりしているわけではないのだろう。しかし巨人の行動は実際におかしくなっている。

即座に再生すれば問題はないが、継続的な損傷は支障が出る。そういうものがあの部分にあったということだろう。それは確実に、魔力を統御するための何かだ。

魔術師としては興味がある。なぜ世界に突然魔物が出現したのか。動物が魔物化したらしいものはまだしも、この巨人のように本来なら存在しなかったはずのものはどんな理屈で動いているのか。まだ誰にも解き明かされていないのだ。

しかしそれも命あっての物種。生き延びることの方が重要だ。オウルはこの場を切り抜ける手助けになることがないかと必死で目を凝らした。

その時、雷鳴のような轟音が響いた。巨人が氷壁を何度も殴りつけている。そこに大きくひびが入り、一部が剝落し始めていた。

洞穴そのものが揺れ動き、落ちてくる氷柱はますます多くなる。砕けてとがった氷の欠片が、雪グマの厚い毛皮も切り裂いていく。

その光景の中でオウルは見た気がした。壁に張った氷が剝がれ落ち、露《あら》わになった洞窟の壁に何かが描かれている。地層の模様などではない。赤と黒の染料を使って描かれた、確実に人の手によるもの。規則的で一画一画に意味がある紋様は、

（魔方陣……？）

もっとよく見ようと目をこらした瞬間、氷の巨人がひときわ強く壁に体をぶつけた。土壁にひびが入って魔方陣と見えたものが崩れ落ちる。土と氷が舞い上がり何も見えなくなった。オウルは飛

んでくる氷の欠片と魔力の渦から自分を守ろうとかがみ込んだ。

やがてあたりは不思議なほど静まり返った。時折パラパラと氷壁が崩れる音がするがそれだけだ。

「君たち、まだ生きているか」

ティンラッドの声がした。突き刺さった氷柱の間を長身の影が歩き回っている。

「船長。ここだ」

オウルは片手を上げた。ついでに足元を見ると、ロハスはうずくまったままでまだお祈りを唱えていた。

「ごうつく商人も生きてるぜ」

ティンラッドは大股に二人の方へやってきて、

「無事で良かった。ところで魔物が消えたぞ」

簡潔に言う。オウルは眉をひそめた。

「消えた？」

「ああ。消えた」

ティンラッドはうなずいた。

「氷の欠片が山になって壁際に積み重なっているが、もう動かない。魔力も感じないな。それは消えたとしか言いようがないだろう」

「確かに、もう魔力は感じねえな」

オウルも同意した。この場所に満ちていた魔の気配は雲散霧消している。

「つまり、なんだ。魔物退治は終わったってことか」

「残念ながらな」

ティンラッドは不満そうに言った。

「私は暴れたりないぞ」

あれだけ暴れ回ったのだから充分だろうとオウルは思ったが、面倒くさいので口には出さなかった。代わりに脚を伸ばしてロハスの尻を蹴りつける。

「おい。終わったってよ」

「え?」

ロハスはようやく顔を上げた。

「今、終わったって言った?」

「言った。とりあえずあの魔物はいなくなった」

「生きてる。神様ありがとう!」

ロハスは叫んだ。

「オレ、心を入れ替えて信心します。神殿に喜捨もします。ありがとうございました」

またひとしきりに祈りの言葉を唱えるが、聖句が何もかも間違っている気がする。ロハスの信心も大して続かなそうだと思った。


それから三人は巨人だったものの残骸を確認しに行った。ティンラッドの言うとおり、洞窟の奥には崩れた氷が山になっていた。剝がれ落ちて砕けた氷壁と一緒になり、どこまでが魔物だったのかもう区別がつかなかった。

落ちてきた氷の壁に砕かれて、再生できないほど傷ついてしまったのか。それとも動かなくなったのには他の理由があるのか。今となっては調べる術もなかった。魔力の残り滓《かす》すら氷の中には残ってはいなかった。

「行こう。これ以上ここにいても何も得られなそうだ」

ティンラッドが言い、ロハスもうなずく。オウルは崩れた土壁にちらりと目をやったが、何も言わなかった。

ロハスの商売

凍りついた広間から暗い通路に戻ると、生き延びたのだという実感が一気にわいてきた。回復薬の反動で頭痛もし始めたオウルが、

「疲れた。早くあの小屋まで戻ろう」

と言うと、

「何を言ってるの。ここからが本番でしょう」

同じく生き延びたという実感が出てきたらしいロハスがやけに元気よく言った。戦闘の間はずっとヘタレていたくせにと、オウルはたいへん面白くない。

「本題を忘れちゃ困るね。オレたちはここへ商売のネタを確保しに来たんだよ」

本題は魔物退治だと思ったがツッコむ気もしなかった。ロハスは先に立ってどんどん歩いていく。おい。方角をわかって歩いてるんだろうな。地図を見なくていいのか」

洞穴の中で迷うことになってはたまらない。そう思って確認すると、ロハスはニヤリと笑って振り向いた。

「オレを誰だと思っているの。そのあたりは抜かりはないよ」

かがみ込んで足元から何かを拾い上げる。

「来る道々で、目印になるようにこれを落としてきたんだ」

これというのは銅貨だった。額の一番安いものである。

「これなら見逃すことはないからね。入り口からここまで全部で十八ニクル、全て回収しますよ」

「どうしてわざわざそんなことをするんだよ。地図を見ろよ」

「地図はなくしたりすることもあるでしょう。いざという時に備えるのができる商人というものです」

やる気満々である。どうして今さらこんなにやる気に満《み》ち溢《あふ》れるのだろうか。面倒くさいなとオウルはしみじみ思った。


銅貨を拾いながら三叉路《さんさろ》までたどり着く。

「帰り道はこっちなんだけど、オレが用があるのはこっち」

初めに行きたいと主張していた左の通路を指さす。

「勘弁してくれよ。また魔物が出るんじゃないだろうな」

オウルはうんざりして言った。これ以上の戦闘はもう本当にやりたくない。

「大丈夫大丈夫。オレの情報が確かなら、こっちには魔物は出ないはずなんだ」

安請けあいするのがまた不安を煽《あお》る。

「魔物は出ないのか。じゃあ私は行かなくてもいいな」

ティンラッドは退屈そうに言った。

「ここで待っているから、君たちだけで行ってきたまえ」

腰を下ろそうとする。ロハスはあわてた。

「待った待った。万一ってこともあるし、船長さんが来てくれなきゃ困るよ。他に戦える人がいないんだから」

「私も疲れた。魔物もいないのに歩き回るのは面倒だ」

「いや、だから出た時に困るから」

文句を言うティンラッドを、ロハスは最終的になんとか丸め込んだ。取引材料は美味《うま》い酒と料理だった。

三人で左の道を下る。ロハスは元気いっぱいに、オウルとティンラッドはどちらかと言えばやる気なく。

「ところで、もうひとつの道には何があるんだ」

ティンラッドが尋ねた。

「タラバラン先生の研究室があったらしいけど。厳重に封印が施されていて、娘さんも入れないんだってさ」

「へえ。小屋じゃなくこっちに本格的な研究室を作っていたのか」

オウルは少し興味を引かれた。だが手がかりもなしに挑んでも封印を解除することはできまい。弟子であった娘にすら開けないのなら、余程の注意を払って構築したものに違いない。

面白半分で触ったら火傷をする。そう思って好奇心に蓋をして別のことを尋ねた。

「なあ、なんだか暖かくないか」

下るにつれて骨にしみるような冷たさを感じなくなっていた。寒いは寒いのだが、毛皮の外套を着ていれば十分遮断可能だ。襟巻と手袋は正直なところ取ってしまいたい。毒のある魔物に不意に襲われた時のため、着けておいた方が良いのだが。

「これもオレがつかんだネタの一部なんだけどね。こっちは魔物の影響が少ないはずなんだ」

ロハスはそう言ってニヤリと笑った。


歩き続けるうちに寒さはハッキリと和らぎ、やがて洞窟の壁から水が滴り始めた。

「こりゃダメだ」

オウルは襟巻と手袋を諦め、外套の前も開けた。魔物に対する防御力は下がるが、雪嵐対策で何重にも重ね着した恰好《かっこう》では暑くてゆだってしまいそうだ。

ロハスも彼に倣った。ティンラッドはだいぶ前に外套まで脱ぎ捨てている。

「このあたりだな」

地図を見ながらロハスが呟いた。その場所で洞窟は直角に折れ曲がっている。勾配がきついので足元に注意しながら進んだ。やがて目の前が開けると、オウルもティンラッドも息をのんだ。

大きく広がった石室になっているその場所は、全体がぼんやりと発光していた。まるで晴れた夜空に浮かぶ満天の星のような、美しく荘厳な眺めだった。

「……これは」

オウルの呟きにロハスが答えた。

「ヒカリゴケさ」

「ヒカリゴケ？」

「そう。知らない？」

「知ってるけどよ」

その答えにロハスはふふんと鼻で笑う。

「けどね、ここのは特別製なんだ。オレの狙いはこれよ」

石室に踏み込み壁に近づく。金属のへらで軽くこすってコケをはがし、鎖の付いた小さな瓶に入れて蓋をした。

「はい。船長さん、着けてみな」

ティンラッドに向けて差しだす。

「構わないが、なんの意味があるんだ」

「まあまあ。身に着けてみればわかるって」

ロハスは有無を言わせず細い鎖をティンラッドの首にかける。

「魔術師さん。観相鏡で船長さんのステイタスを見てみろよ」

わけがわからないながらもオウルは好奇心に負けた。言われたとおりに観相鏡をのぞいて見る。

そこに映ったのはこんな数字だった。

ティンラッド

しょくぎょう：せんちょう
レベル三十五

つよさ：二百七十五
すばやさ：三百三十
まりょく：八十八
たいりょく：三百十
うんのよさ：三百四十一
そうび：かたな（しんげつ）　かたな（こうげつ）　かわのどうぎ
わざ：ひっさつ　まざん・せいめいこうげつ
もちもの：ヒカリゴケのおまもり

「うん？　これは」

オウルは眉を寄せて、前に見たティンラッドのステイタスを思いだす。

「レベルは上がってないのに、数値が上がってる？」

「そのとおり」

ロハスは我が意を得たりと大げさにうなずいた。

「このヒカリゴケを身に着けているとね、ステイタスがすべて一割上昇するのさ。おまけに弱い魔物を追い払うっていう聖水と同じ効果もある。旅人にとっては喉から手が出るほど欲しい品だと思うだろ」

オウルは唸《うな》り声を上げた。

一割というのは小さな数字に思えるが、レベルの高い歴戦の勇士ならかなりの上がり幅になる。そうでなくても、鍛錬もせずに強くなれるなら間違いなく便利な道具だ。

「ほら。ここまで連れてきてくれた礼に、あんたたちにはタダでやるよ」

ロハスはもうひとつヒカリゴケの首飾りを作り、オウルに差しだした。

「お、おう。ありがてえ」

オウルは受け取って、さっそく自分の首にかける。これで彼のステイタスも上がったはずだ。

「さあ、たっぷり採って城下町で売りまくりますよ。そして買い付けた食糧をトーレグで売りつける。みんなは助かる、オレはもうかる。オレって頭が回る上に博愛精神に満ちた素晴らしい男だなあ」

袋から出した大瓶にはりきってコケを詰めまくっているロハス。残念ながらオウルの目には、『博愛精神に満ちた』男には見えなかった。

洞窟を出ると雪嵐はやんでいた。空を覆っていた厚い雲にも切れ目が入り、ところどころ青空を見ることができた。

だが太陽はかなり西へ傾いていたし、みんな疲れていた。その日はタラバランの小屋へ戻って寒さにかじかんだ体を温め、食糧を分けあいながらゆっくりと休んだ。

翌朝、青空の下を歩いてトーレグの町に戻る。意気揚々と帰ってきた彼らを町の人々は驚いて迎えた。

「いやまあ、このくらい容易《たやす》いことですよ」

ロハスの舌は絶好調である。

「ここだけの話、あの雪がやんだのもオレたちが魔物を倒したからかもしれなかったりそうでもなかったり」

お前、何もしてないじゃないか。オウルはツッコみたかったが思いとどまった。

口先が回ることにかけてはロハスはかなりのものである。気が向かないと口さえきかないティンラッドはもちろん、オウルも彼のように人を惹《ひ》きつける話し方はできない。

こちらは命を賭けてきたのだから、成果をなるべく高く売り込むのは当然のことである。たとえ倒した魔物と雪がやんだことの因果関係がハッキリしなくても、魔物を倒したのは事実なのだからたっぷり評価してもらうべきだ。そしてそれを売り込むのにロハスより適した人材はいない。

というわけでオウルは、ロハスがあることないこと並べ立てるのを傍観した。ティンラッドは我関せずという様子で退屈そうにあくびをしていた。

弁舌のおかげか、その夜はオウルもティンラッドもたっぷりの食事と酒を供され暖かな寝床でゆっくり眠ることができた。だが翌朝は日も昇りきらないうちにロハスにたたき起こされ、ソエルの城下町へ行くから支度をするように言いつけられる。

「なんで俺たちを巻き込むんだ。もうあんたと組むのは終わったはずだろう」

オウルが文句を言うと、

「まあまあ。日当は払うから手伝ってよ、人手がいるんだ。船長さんは用心棒ね」

まったく悪びれない顔で晴れやかに言う。

来る時は徒歩で何日もかかった旅だったが、ロハスが村長に用意させた二頭立ての馬車は雪の上を軽快に走った。途中で厚い毛皮の外套に身を固めた三人の旅人とすれ違う。

「おーい。もう雪は降らないよ、本当に冬が来るまではね」

すれ違いざまにロハスが明るく声をかける。

「そんなこと言いきっていいのかよ」

寝不足のオウルは不機嫌にツッコむ。

「暗いなあ、魔術師さん。世の中、明るい方に考えないと。知ってる？　悪いことばっかり考えてるとホントに悪いことが起こるんだよ」

「自分に都合のいい可能性しか考えないなら、ただのバカじゃねえかよ」

オウルは舌打ちする。

どちらにしても旅人たちはもうはるか後方だ。彼らがロハスの軽口を信じたとしてもオウルの関知するところではない。情報は自己責任で取捨選択してくれと思うしかなかった。

城下町に着くとロハスは目抜き通りに出店を開いた。とはいえ二年間ここで商売をしていたオウルにはわかるが、そう簡単に店を出せるものではない。地元の商人組合の許可を取らなければいけないし、出店料も取られる。しかしロハスは愛想よくあちこちに顔を出して簡単に許可を取りつけ、出店料まで値切ることに成功した。裏通りで占いの店を出すのがやっとだったオウルはその手並みに舌を巻いた。本職は違うということだろうか。
許可された場所にロハスは大きな台をおき、商品を並べ立て看板をおく。そこに書かれた文句を見てオウルはまた驚いた。
驚異のヒカリゴケ効果・誰でもステイタスが上昇
限定五十個販売、今日だけたったの五シル

ロハスは声を張り上げた。

「さあさあ皆さん、寄ってらっしゃい見てらっしゃい。トーレグの町の北、魔物のはびこる洞窟で勇気あるパーティが手に入れた神秘のヒカリゴケだよ。これを持っているだけで、あなたのステイタスが一割上がる！　そんな素敵で不思議な品物が今日だけたったの五シル。五十個だけの限定販売、早い者勝ちだよ」

大きな声に足を止める人が出てくる。『今日だけ』だの『限定』だのという言葉に興味を引かれ、何を売っているのかと屋台をのぞき込む。

「ほらほら、見ていってお兄さん」

「うーん」

声をかけられた戦士らしき人物は、疑わしげに並べられた小瓶を眺める。

「持ってるだけでステイタスが一割上昇するなんて、本当だったらうまい話だけどなあ。しかし五シルは高いだろう」

「イヤイヤお兄さん。本来、産地のトーレグでも倍の一ゴルはする品だよ」

ロハスは当然のような口ぶりで初めて聞く値段を言ってのけた。

「オレは特別な手づるでこれを手に入れたんだけどね。今日は赤字覚悟で、旅人の皆様の安全のために提供させていただこうと思って都にやってきたのです。素晴らしい品物ですから決して損はさせませんよ」

タダで手に入れたくせに、とオウルは思う。確かにロハスも命は賭けた。だから得たものから利益を引きだすのが悪いとは言わない。

しかし洞窟攻略のための装備は全部トーレグの町民からの提供物だった。ロハスがヒカリゴケを手に入れるために賭けたのは命『だけ』なのだ。元手はゼロに等しい。それなのに赤字覚悟などとはいくらなんでも粉飾が過ぎる。

「まあまあ。だまされたと思って、試しにちょっとつけてみなさいよ」

ロハスは戦士を手招きする。

「お集まりの皆さんに観相鏡をお持ちの方がいたら、ぜひ見てみてください。このお兄さんのステイタスが劇的に変化しますからね」

ここでサクラとして客にまぎれているオウルの出番である。こっそりため息をついてから、オウルは観相鏡をかけた。

「さあ見ましたか、この人のステイタス。これからヒカリゴケのお守りをつけてもらいますよ」

ロハスは大声で周りの注意を十分に惹きつけてから、戦士の首に小瓶のついた鎖をかけた。

「おお。これはなんということだ」

オウルは覚え込まされたセリフを口にする。

「百八十だった筋力が百九十八に、百六十だった敏捷性《びんしょうせい》が百七十六に上がったではないか。他の数字も軒並み上がっているぞー」

我ながら棒読みだったが仕方ないと思う。オウルは魔術師であって役者ではないのだ。

「本当に上がったのか？」

あちこちから声が上がる。ロハスに目顔で促され、仕方なくオウルはもう一度声を上げる。

「本当に上がっておるぞー」

やる気のなさが声に出ているが、それでも周りはざわざわとし始めた。

「効果があるのか。本当かなあ」

「一割なら、レベルが一回上がったくらいにはなるかな」

「いや、お前のレベルならまだまだ簡単に上がるだろう。わざわざ買うほどでもないんじゃないか」

「五シルは高いな。せめて二シルならなあ」

「更に！」

そこでロハスが声を大きくする。

「このお守りには聖水と同等の効果があるのです。持っているだけで弱小な魔物を遠ざけ、皆様の旅の費用対効果を向上させますよ」

ざわめきが更に大きくなった。

「そんなうまい話があるかな」

「聖水を買う経費もバカにならないからな。あれひとつでずっと使えるなら得なのかも」

「田舎の神殿だと、とんでもないぼったくりの値段を付けてくることもあるからなあ」

興味が高まってきたところでダメ押しとばかりにロハスはにこやかに言う。

「ご安心ください、効果は洞窟を攻略したパーティのお墨付きです。弱小な魔物がどんどん逃げていきとても感動したと、温厚で知的な紳士がおっしゃっていましたよ」

誰だそれ、そんな奴がいたか？　とオウルは首をかしげる。温厚で知的というなら自分だろうが、そんなことを言った覚えはまったくない。と思ってからロハス自身のことかと思い至った。

確かにロハスは魔物が逃げるのを見て喜んでいた。その点で嘘は言っていない。しかしロハスははたして『温厚で知的な紳士』なのか。それについては『嘘も大概にしろ』とオウルは思った。


初めは半信半疑だった客たちも、結局はロハスの言葉に煽られた。『今日だけの特別価格』『限定五十個』という文句に踊らされ、ヒカリゴケのお守りを手に取る。数人が金を払うと、それが呼び水になったかのようにたちまち人々が屋台の前に列をなした。そして小半時《こはんとき》と経《た》たないうちに五十個のお守りは完売した。

「売れるもんだな」

半ば呆れてオウルは呟いた。ちなみにティンラッドはだいぶ前から屋台の横で寝ている。

「そりゃあ売れるでしょ。モノがいいからねえ」

金を勘定し直しているロハスは上機嫌で、売っているオレも素晴らしいからねと付け加える。

「それにしても五シルは取りすぎじゃないのか。元手はタダじゃないかよ」

「わかってないね。いいモノはそれなりの価格で取り引きしないとダメだよ。適正価格で取り引きする、これが商売のコツよ。本来の価値より安い値段で取引なんかしてごらんなさい、市場が崩壊するでしょう」

偉そうにロハスは講釈する。ヒカリゴケの欠片が五シルというのは、適正価格とやらを大きく上回っているのではないかとオウルは疑っているのだが。

「ホントにわかってないんだね。このヒカリゴケはこれからのトーレグの町の人たちの生命線になるんだから、オレたちが安売りなんかしたらダメでしょう」

わかっていない相手に説明するのは疲れるという態度でロハスはため息をつく。それから、

「それはともかく、困るよ魔術師さん。なんなの、さっきのやる気のない演技は」

急にオウルの仕事ぶりにケチをつけ始めた。

「あんなんじゃ日当払えないよ。もうちょっとマジメにやってもらわないと」

「だったら俺じゃないやつに振れ。お前が無理やりやらせたんだろうが」

「そんなこと言ったってしょうがないじゃん。船長さんはやってくれそうにないしさ」

そのあたりは一応、相手を見ているらしい。

「さて、今度は仕入れだ」

ロハスは出店を片付け、せかせかと立ち上がった。大きな屋台でも入ってしまう『なんでも収納袋』は本当にすごいとオウルも感心した。戦闘にはほとんど役に立たないが。

寝ているティンラッドをゆすり起こして馬車に乗せ、そのまま下町に回った。そこで食糧を買い付ける。買うのは主に野菜や果物、穀物の類だ。ロハスがやたらに値切るので、嫌になるほど時間がかかった。

あまりヒマなので、待っている間やることもないオウルは古本屋を回って魔術書などを立ち読みしてきた。ティンラッドはほぼ寝ていた。ロハスがすべての買い物を終えたころには、もう日が沈み始めていた。

仕入れた大量の食糧も『なんでも収納袋』の中へ。確かに商売人にはたいそう便利に違いないとオウルは再び感心した。

城下町で泊まるのかと思えば、そのまま町を出て荒野で野宿。

「宿代がもったいないし、時間も節約できるだろ。食べ物は鮮度が大事なんだから」

というのがロハスの言い分だった。

翌朝も夜明けとともに出発し、午後遅くにトーレグの町にたどり着く。すかさずロハスは町長の館に行き、持ってきた食糧の分配について談判した。町の商人組合の顔役も呼ばれていろいろ話しあいがされた結果、町長が一括して食糧を買い取ることになった。実際の分配は商人組合が執り行う。町民全体に平等に行き渡るよう、互いに監督しあうそうだ。

「ロハスさん。あなたには本当に世話になった」

町長は金を払いながら、何度も頭を下げた。

「ティンラッドさんもオウルさんも我々のために命を賭けてくださった。本当にありがたい」

「あっはっは。いやいや、困っている皆さんの助けになりたいと思うのは、人として当然のことですから」

ロハスは笑っているが、大金を手にしたのだから当然だろうとオウルは思う。

彼はトーレグの町長に高値を吹っ掛けたりしなかった。だが損をしているわけでもない。何度も言うが、ヒカリゴケの元手はタダである。かかっているのは入れ物の小瓶代くらいなものだ。そして収穫の直後なので食糧の値段は安かった。それをロハスは更に値切った。町長に払わせたのは、しっかり利益を確保した価格なのである。

何が『困っている皆さんの助けになりたい』だ。

いかなる時も自分のもうけを取ることを忘れない、それがロハスという男であるとオウルは確信した。

取引が終わった後で町長が自分の館に泊まるよう彼らに懇願したが、ロハスは慣れた宿屋の方がいいからと丁重に固辞した。金勘定をゆっくりしたいからだろうとオウルは思った。どうせ宿代は町長が持ってくれるのだ。

その後もロハスはしきりに町長に入れ知恵をしていた。山のようにある雪を使って雪像作り大会を行い、旅人を呼び寄せて町に金を落とさせようとか。ヒカリゴケのお守りは一ゴル以下の値段では決して売らないようにとか。

それどころか半年たったら三ゴルに値上げしろとまで言った。

「しかし急に値上げをしたら、買いに来る人が怒るのではありませんか」

困惑する町長にロハスは、

「そんなことはありませんとも」

と首を横に振る。

「貴重なものなので乱獲できないと言ってやればいいんです。そうした方が価値が上がって、結局みんなありがたがりますよ。本当は五ゴル取ってもいいと思うんですが、さすがに上げ過ぎると客が離れますからねえ。三ゴルくらいで様子を見た方がいいと思うんですよ」

などとしきりにうなずいている。

「いろいろわが町のために心を砕いていただいて」

町長は恐縮したように言った。少し人が良すぎるのではないかとオウルは心配になった。

「何かお礼ができるといいのだが」

「いやあそんな。感謝されるためにやったんじゃないですよ。私は皆様の役に少しでも立てればと、ただそれだけの気持ちで」

ヘラヘラ笑いながら言うロハス。オウルにはその背中に『建前』という文字が書いてあるようにしか見えない。案の定、すぐにこんなことを言い始めた。

「でも、そうですねえ。それでも気が咎《とが》めるとおっしゃるなら形だけ。ヒカリゴケの収益なんですが、そこから少しいただけないですかね。いや、ほんのちょっとでいいんです。そうですね、百分の一ほど」

その申し出に町長は目を丸くした。

「たったそれだけでよろしいんですか」

「もちろんです。あくまで形だけのことですからね。商人組合の私の口座に振り込んでいただければ。ホント、手の空いた時でいいですので」

「いや。必ず毎月振り込むように言っておきましょう」

町長は力強く約束した。

「意外だったな」

宿に着いてから、オウルはロハスに言った。

「何が？」

「あんたが。てっきり暴利をむさぼるつもりかと思ったが」

「わかってないなあ。商売はね、信用が大事なのよ。そのためには落としどころをわきまえていないとね」

偉そうに講釈をしてくる。

「あれ以上吹っ掛けたら警戒されるでしょう。それより恩を売りつけて、末永くヒカリゴケの手間賃を払ってもらった方が得だよ。考えてもみてよ、一個売れるだけで一シルのお金がオレの懐に入るんだよ。なんにもしないのにだよ。半年後にはそれが一個当たり三シルになるんだから、考えただけでうっとりするなあ」

オウルは『タダより高いモノはない』という諺《ことわざ》を思いだした。この町の人々はロハスに安く食糧を調達してもらった代わりに、未来永劫《えいごう》たかりつづけるダニに憑《と》りつかれた。そういうことらしい。

「君はこの町に腰を据えるのか」

ティンラッドの質問に、ロハスは首を振った。

「いいや。適当なパーティが見つかったら、混ぜてもらってこの町を出るよ。言ったでしょ、商売は見極めが肝心なんだよ。いつまでも居座っていたら恩人のありがたみも失《う》せるからね。なるべく早く消えるのが吉だね」

「そうか」

ティンラッドはあっさりとうなずいた。

「それでは私たちと来たまえ。誰でもいいなら、我々と一緒でもいいだろう」

ロハスの黒い目が丸くなった。

「船長。本気かよ」

オウルは苦い顔をする。

「言っただろう。私は冗談は嫌いだ」

ティンラッドは大真面目に言う。

「えーと」

ロハスが恐る恐るという様子で尋ねる。

「それって、オレに断る権利はあるのかな」

「あるわけないだろ」

オウルは断定的に言った。

「そんなもんがあるなら、俺はそもそもこんなところにいねえよ」

「あ、やっぱり」

ロハスは少し情けない表情になったが、しばらく思案してから決然と言う。

「わかった。それもいいかもね。あんたたちといると面白い商売ができそうだ」

「ふん。いい覚悟だ」

ティンラッドは笑い。

「おいおい、考えてからものを言えよ。うちの船長には冗談は通じないぞ」

オウルは呆れた。

「なんだよ。拒否権はないって言ったのは魔術師さんじゃないか」

「そうだけどよ」

オウルは乾いた唇を唾で湿らす。

「ホントにいいのか」

「まあね」

ロハスは笑い、そして朗らかに宣言した。

「このオレが参加するからには、この旅の収支決算を必ずや黒字にしてみせましょう！」

収支決算はともかく、『陸に上がった船長』と『攻撃呪文の使えない魔術師』しかいないパーティに、次に参加するのが『ごうつくばりの商人』でいいのか。もっと先に強化すべき方面があるのではないか。そう思わずにいられないオウルであった。


――ロハスがなかまにくわわった！（確定）――

ティンラッド
しょくぎょう：せんちょう
レベル三十五

つよさ：二百七十五
すばやさ：三百三十
まりょく：八十八
たいりょく：三百
うんのよさ：三百四十一
そうび：かたな（しんげつ）　かたな（こうげつ）　かわのどうぎ
わざ：ひっさつ　まざん・せいめいこうげつ
もちもの：ヒカリゴケのおまもり

オウル
しょくぎょう：まじゅつし

レベル二十一

つよさ：二十一
すばやさ：三十三
まりょく：二百五十三
たいりょく：二十五
うんのよさ：五十三
そうび：まじゅつしのころも　げっけいじゅのつえ
もちもの：まじしん　かんそうきょう　ヒカリゴケのおまもり

ロハス
しょくぎょう：しょうにん
レベル十七

つよさ：十七
すばやさ：二十四
まりょく：十三

たいりょく：三十二
うんのよさ：百一
そうび：ヒノキのぼう
もちもの：なんでもしゅうのうぶくろ　ヒカリゴケのおまもり

しょじきん
十三ゴル七シル八十ニクル

――パーティのへいきんせんとうりょくがさがった！――

彼らの未来に幸あれ。

ところでアレフは

トーレグの町を目指してソエルの城下町を出たアレフ、ロナルド、ハンナの三人は激しい吹雪に阻まれていったん後退を余儀なくされた。都に戻り、冬の装備をそろえて再び町を目指す。

だが雪の領域にもう一度足を踏み入れた時には、空は青く晴れ渡っていた。凍った木の枝が陽光を受けてキラキラと輝く。

「綺麗《きれい》」

ハンナがうっとりと言う。その時、二頭立ての馬車が彼らの横を通り過ぎていった。

「もう雪は降らないよ、本当に冬が来るまではね」

御者台にいた黒髪の男が陽気に声をかけ、馬車は走り去った。何があったのだろうと訝《いぶか》しみながら三人は旅を続け、夜遅く町に着いた。旅人が魔物を倒したとかで、その時間でも人々はにぎやかに騒いでいた。気さくな町長が、彼らを館に泊めてくれた。

そこでアレフは求めていた人物と出会う。魔術師タラバラン。その人こそが十年前に、魔物の手がかりを求めてアレフの父が会いに行った相手なのだ。老魔術師はもう他界していたが、彼の娘マージョリーが町長の館に滞在していた。

「その人のことは覚えているわ。父の友人だった」

女魔術師は暗い表情で言った。

「でも最後に会って話をした時、父は私を部屋に入れてくれなかった。二人は何時間も話していたわ。そして次の朝、彼は旅立っていった。私が知っているのはそれだけよ」

研究室には手がかりが残されているかもしれないとも言った。

「けれど、あの場所には呪文がかけられているの。私でさえ立ち入ることはできないわ」

それでも父の足跡をたどりたい一心でアレフは北の洞窟に向かい、閉ざされた研究室を守る魔物と対決することになるのだが。

それはまた、別の話。

第2章

平穏な村

平穏な村

数日後、『陸に上がった船長』『攻撃呪文の使えない魔術師』に、『ごうつくばりの商人』ロハスを加えた三人は西に向かって進んでいた。

進路を決定した理由はいくつかある。魔王を探すならこの国を出るべきだというオウルの主張にロハスが賛同したこと。ソエルを出るなら海路はないとティンラッドが断言したこと。今の海は船を出せる状態ではないのだとも言った。だから彼は陸に上がったのだろうかとオウルは思った。

最後にトーレグの町民からの情報があった。西の国境は三年ほど前から閉ざされているという。山腹にある砦《とりで》を魔物が完全に占拠してしまい、人間の通行を阻んでいるというのだ。ロハスも西へ通じる街道が塞がっているのは確かだと言った。

「だから前にオレがいたパーティは、北西から砂漠を越える古い道を試そうとしたんだ。だけど道のりがきつくてね。魔物も強かったし、ずいぶん人を失ってさ。結局はオレひとりがここへたどり着いたってわけ」

深いため息をついた。が、そのパーティの積み荷と持ち金はほとんど彼が持ちだしたのだと聞いて、

（こいつ仲間を見捨てて、金と商品を持ち逃げしたんじゃねえのか）

新しい仲間に対して疑念がわき上がるのをオウルは抑えられなかった。

ともかくその話が決め手となってティンラッドは決断を下した。まずは西の国境の砦を目指し、そこを占拠している魔物に当たる。意図して街道を封鎖しているのなら、相手には知性があるはずだ。魔王そのものではなくてもつながりがある可能性は高い。船長はそう主張した。

確かにそのとおりである。だが魔王につながるかもしれない具体的な手がかりなんか、なくてもよかったのにとひそかに思うオウルとロハスだった。

それでも旅立つと決まればロハスの行動は早い。

町長に会って『ヒカリゴケの収益金』の話を正式な文書にしてもらい、必要な物資を安く融通してもらう。ついでに西方の村に身を寄せるという町民の情報を聞きだし、自分たちも馬車に乗せていってもらえるよう話までつけてきた（ロバはお払い箱になった）。

「もちろんタダで。おまけに歩くより楽だし早い。いい考えでしょ」

得意げにロハスは言う。戦闘ではさっぱり役に立たないが、こういう場面では実にそつがない。『損をしない』『少しでももうける』ということに生き甲斐《がい》を感じているらしい。

町をいったん離れようとする者は多かった。雪がやんだと言っても、この冬を食糧難のまま越さなければいけないことには変わりはない。近隣の町や村に親戚がいる者は、しばらくそちらに身を寄せる算段を付け始めていた。

ロハスが同乗を頼んだのは、西のシグレル村に妻の実家があるという若夫婦だった。結婚したばかりで災禍に遭った二人は冬の間を西で過ごし、春になり農作業ができるようになればトーレグに戻るつもりだそうだ。

「いやあ、すみませんねえ。三人も乗っけていただいて」

ロハスは愛想よく二人に話しかける。強引にねじ込んだくせにとオウルは思ったが、若夫婦は人懐こい笑顔で応えた。

「いいんですよ。俺たち、荷物も少ないし」

「町を救ってくださった方々のお役に立てるなら、こんな嬉《うれ》しいことはないですよ」

「いい方々に出会えてよかったなあ」

笑顔を浮かべるロハスの頭には、多分そのおかげで浮いた運賃や食費のことしかない。この若夫婦、お人好《ひとよ》しもほどほどにしないとこういう輩《やから》に骨までしゃぶられるぞと、他人事《ひとごと》ながら心配になってしまうオウルだった。

馬車は軽快に雪野を進んでいく。やがて雪の領域を越えると、中秋の草原が周りに広がった。枯れ草の香りをいっぱいに吸い込むと、若夫婦は泣き笑いのような表情になった。二人は長いこと凍った大気しか呼吸することができなかったのだ。

秋のしっとりした空気は旅人たちにも好ましいものだった。積もった雪が陽光をぎらぎらと反射することもない。飛び跳ねウサギやつつきドリなどの魔物の姿が時折遠くに見えるが、襲いかかってくる様子はなかった。首にかけているヒカリゴケの効果なのかもしれない。

しばらくすると景色の中に木が目立つようになってきた。初めは一、二本が草の間からにょっきり突きだしているだけだったが、いつしか枝を伸ばした木立が視界に飛び込んでくるようになる。その次には小さな林がいつもどこかに見えているようになり、最後には森らしきものが前方に広がった。

「目指す村っていうのは、森林地帯にあるのか」

オウルが顔を上げ陰気な口調で尋ねた。御者台に夫と並んで座っている若妻はにこやかに振り返る。

「ええ、あの森の奥です。小さな村だけど必要なものはなんでもありますよ。ゆっくり滞在なさってくださいね」

和やかな口調だが、オウルは世間話がしたかったわけではない。

「森に入ると魔物の襲撃が心配だな」

ぶっきらぼうに言って杖《つえ》を握り直す。

「船長、ロハス。周りをよく見張っていろ。何かあったらすぐに対応できるようにしておいた方がいい」

ティンラッドは刀の柄に手をやってニヤリと笑い、ロハスは『ヤダなあ』と情けない顔をする。

と、場違いな笑い声が馬車の中に響いた。

「大丈夫ですよ。魔物は出ません」

微笑《ほほえ》んで言うのは若妻だった。

「出ない？　魔物が？」

オウルは思わずおうむ返しに聞き返す。この世に魔物が現れて十年。以来、そんなことを言う人間には会ったことがない。

「ええ。出ないんです」

若妻はうなずいた。

「あ、だけどもう少し進んで村の領域に入るまでは気を付けなくちゃダメかな。境界標を越えれば何も出なくなりますよ」

当たり前のように言う。

「何もってあんた」

もはやオウルは呆然《ぼうぜん》としてしまう。ティンラッドもロハスも彼女をじっと見ていた。

「もちろん初めは出たんですよ、魔物。村の人もずいぶんケガをしたりして。でも二年くらい前からかしら。魔物の数が減り始めたんです。私が村を出たころにはすっかりいなくなってしまいました」

「そりゃ、いったいなんでだよ」

つい問い詰める口調になってしまう。

「誰かが魔物を退治でもしたのか」

「いいえ、別に」

若妻は困惑したように首をかしげた。

「村の神官様は、みんなが心がけよく暮らしてちゃんと信心してるからじゃないかっておっしゃっていました」

なんの理由にもなっていない。つまり、これという理由もないのに魔物の脅威から解放された村がこの地上に存在するということか。そんなことがあり得るのだろうか。オウルは眉間に深くしわを寄せた。


馬車は森に入る。時々嚙《か》みつきリスが頭上から小石や木の実を投げつけて攻撃してくる他、大した波乱もなかった。一度だけ長爪グマが現れたが、これはティンラッドが苦もなく倒した。

「ほら、村に入ります」

しばらく行ったところで若妻は外を指した。道の脇に、境界を示す朽ちた石の柱があった。当たり前の形と素材で、特別なものには見えない。

「あれがいったい何だって……本当にこの先には魔物が出ないのか」

疑わしげなオウルの言葉に、若妻は不本意そうに口をとがらせる。

「ホントですってば」

「だが、この先の峠道は魔物のせいで通行できなくなっているんだろう」

問い詰めると彼女は表情を曇らせた。

「それはそうなんですけど」

「おかしいじゃないか。そんな近くに魔物の巣があるのに、どうしてあんたの村は無事なんだ」

「だって……」

若妻は言い返そうかどうか躊躇《ためら》った。

「それには理由があるんです」

「理由？」

「西の峠に魔物がたまっているのには理由があるんですけど、それは村の恥になることなので……」

言いにくそうに顔をそむける。

「私の口からはちょっと。村に着いたら、もっと偉い方に聞いてみていただけませんか」

黙り込んでしまったが、そんな言われ方をされると逆に気になる。どうやったら口を開かせることができるだろうかとオウルが思案していた時、

「見ろ」

とティンラッドが短く言った。顔を上げた彼は自分の目を疑った。

「普通のウサギだ」

ロハスが大声を上げた。ずっと昔にいなくなったはずの小さな野ウサギが二、三匹、ぴょんぴょんと道の脇を跳ねて茂みに飛び込んでいく。

「魔物じゃないぞ。ホントのウサギだ」

「嘘《うそ》だろ」

オウルは思わず呟《つぶや》く。

「あっちにもいるぞ」

ティンラッドの視線が上に向かう。そこでは様々な小鳥が羽ばたき、さえずりあっていた。やはり魔物ではない、無害な普通の生き物だ。

「うわあ。あれ、捕まえたらいくらで売れるかなあ」

ロハスが呆然と言う。

「信じられねえ」

オウルは袖で目をこすった。

「信じられなくても目の前に確かにいる。それは事実だ」

ティンラッドが硬い声で言った。

オウルは古い記憶の中に迷い込んだような気がした。かつて当たり前だったもの、今は失われてしまったもの。魔物の登場とともに消えてしまった風景がここにある。

この森でいったい何が起こっているのか。彼らには想像もつかなかった。

森の中を半日進んで村にたどり着いた。周りに魔物除《よ》けの生垣はあったが、番小屋は放置されているようだ。収穫の終わった農地で干し草作りをやっているのは農夫やその家族だけで、彼らを守る兵士の姿はなかった。

「イーナじゃないか。里帰りか」

農夫たちが御者台の若妻に気づいて声をかけてくる。

「いろいろあってね。この冬はこの人とこっちで過ごすから、またよろしくね」

故郷で娘気分に戻ったのか、若妻は明るく答えを返す。彼女とその夫が一緒だったおかげで、旅人たちも訝《いぶか》しがられずに村に入ることができた。

「うちに寄っていってください。両親にもてなしをさせますから」

若妻が言った。

馬車は一軒の農家の前で停《と》まった。

「イーナ。どうしたの、突然帰ってきて」

「便りがなくて心配していたんだぞ」

老夫婦が駆け寄ってくる。

「ごめんね、父さん母さん。いろいろあって」

両親と娘は抱きあう。それから彼女は事情を説明し、ティンラッドたちも『町の恩人』として紹介された。

「そうですか。娘と婿がお世話になりました」

老人は深く頭を下げた。

「汚いところですが、お茶でも飲んでいってください。それから宿屋へご案内しましょう」

土間にしつらえた卓に老婦人が素焼きの碗《わん》を並べ、赤みがかった茶を注ぐ。天井は高く、柱と梁《はり》は太かった。

会話となればロハスの出番である。調子よく親子の会話に混ざるのを、ティンラッドは退屈そうに、オウルは家の中を眺めながら聞いていた。贅沢品《ぜいたくひん》はないが、暮らしに困っている様子でもない。魔物の害で苦しんでいたトーレグとは違い、村は平穏そのものであるようだ。

ちょうどロハスがその話を持ちだした。

「それにしても穏やかでいいところですねえ。お嬢さんからお聞きになったでしょうが、トーレグは大変なことで」

ここでひとくさりロハスの受難譚《じゅなんたん》が挟まる。

「幸いこの村は魔物の害からは守られておりますよ。ありがたいことです」

老人はあごひげを触りながら言った。

「そうそう、それそれ」

ロハスの話運びはうまい。口調も軽いから、本当にただの世間話にしか聞こえない。

「ここには魔物がいないんですって？　大したお恵みですよね、この時代に。もし噂《うわさ》が広まったら、移住したいって人がわんさか押しかけますよ。そうですねえ、ざっと計算するに」

懐から算盤《そろばん》を出し、ちゃっちゃと弾《はじ》きだす。

「地代が百倍には跳ね上がるんじゃないですかね。畑一枚売ったら死ぬまでのんびり暮らせますぜ。ご入り用なら買い手を紹介しますけど」

「とんでもない」

老人は驚いて目をむく。

「長者になれると言われても、先祖代々受け継いだ畑を売るなんて考えられませんよ」

「わはは。そうですよね。冗談ですよ冗談」

ロハスは笑い飛ばしたが、その顔に『残念』と書いてあるような気がオウルにはした。もし老人が畑を売ることに同意していたら、どれだけの手数料をせしめる気だったのだろうか。

「オレが言いたかったのは、そこまでしても住みたいって人が出るほどこの村は恵まれてるってことですよ。大神殿から来た徳の高い神官様か、魔術師の都で修行を積んだ名高い魔術師様がいらっしゃるんですか」

「神官はこの村で生まれ育った男だし、魔術師も地方育ちの奴《やつ》が二人いるだけだねえ」

老人は首を横に振った。

「神官の話じゃあ、みんなが信心深くおつとめしたから神様の恵みがあるのだろうということですじゃ。まあ、ありがたいことですなあ」

娘と同じことを言う。オウルとロハスはちらりと目配せし、互いに小さくため息をついた。

「田舎でつまらんでしょうが、ゆるりと滞在してください。魔物がいないのがこの村の取り柄です」

老人はのんびりと言った。

「いやいや、それが何より素晴らしい」

ロハスは落胆を顔に出さず、にこやかに話を続ける。

「ここはこの世の天国ですよ。魔物がいないんですから、皆さんに悩み事などないのでしょうねえ」

「そうですなあ。特別豊かではないし不便がないとは言いませんが、不足もありませんなあ」

うなずいてから老人は少し顔をしかめた。

「あのことさえなければ……」

「え？」

ロハスは無邪気に目をぱちくりさせ、

「なんです？」

笑顔で先を促した。だが老人は急いで表情を引き締め、

「なんでもありません。どんな村にもひとりくらいバカ者がいるというだけのことです」

と言ってその件については口を閉ざしてしまった。


その後、三人は村の宿屋に案内された。例によって酒場部分以外は開店休業だったが、村人の紹介があったおかげで速やかに宿泊させてもらえることになった。

「しかし、まいったなあ」

ロハスがぼやく。

「何がだ」

オウルが尋ねると、

「ヒカリゴケのお守り。あれで商売しようと思っていっぱいもらってきたのにさ。あてがはずれたよ」

それはそうだろう。あれは魔物がいてこそ効果を発揮するものだ。魔物が出ないなら誰も欲しがらない。

「仕方ない。これを主力に取り引きするか」

ため息をついて収納袋からトーレグで醸造された酒を取りだす。もともと冬は寒い土地柄だそうで、なかなか酒精が強い代物だ。

「トーレグの人たちは長いこと取引ができなかったんだから、この酒を欲しがってる人もいるだろう」

そう言って早速、宿の主人のところに交渉に赴く。

「よく、次から次へと商いのネタが出てくるもんだぜ」

オウルは半ば呆《あき》れて呟いた。

「それが商人というものなんだろう」

夕食に出された煮込み料理を口にしながらティンラッドは言う。

「なあオウル。この村には私たちの用はなさそうだな」

そのとおりだとオウルは思った。魔王を探しだしたいティンラッドが興味を持つようなものはこの村にはなさそうだし、村人の方でも彼らに用などないだろう。

「だが気になることがある」

オウルは腕を組んだ。

「あの親子が言っていたことか」

ティンラッドは興味がなさそうだ。

「私はどうでもいいなあ。私たちの目的地は決まっているわけだし、明日にはこの村を出よう」

そして食事を手早く終えた彼は、店の女の子を周りにはべらせシタールを奏で始めた。腕は確かだし、見た目も渋く、手足も長いので娘たちがキャアキャア騒ぐ。ロハスはロハスで店主と喧々《けんけん》囂々《ごうごう》の値段交渉に忙しそうだ。オウルはひとりで残った料理をつついた。

どうもこのパーティは協調性に問題があるのではなかろうか。

「まあ、いいか」

呟いた。魔王など見つからない方がいいのである。この前の戦いのような経験はもうしたくない。

そして西の砦を攻略することが決まっているという現実を思いだし、オウルはつくづく嫌気がさした。このまま逃げだそうかとも思ったが、ロハスはやたらに目端が利くしティンラッドもカンがいい。立ち上がった瞬間に『どこに行く』と声をかけられそうで、脱走する気もなくなった。あくまで今日のところはだが。

いつかのっぴきならない破目になる前に、このパーティを抜けてやる。改めてそう決心するオウルであった。


熱い風呂に入れたのが何より嬉しかった。雪に閉ざされたトーレグでは薪や石炭は貴重品で、部屋を暖めるために使うのが最優先。湯を使う贅沢は許されなかったのだ。部屋でオウルが濡《ぬ》れた髪をがしがしと拭いていると、ロハスがふらりとやってきた。

「やあ。風呂、どうだった」

「熱かった」

オウルは素っ気なく答えた。

「お前も入ってこい。臭いぞ」

「嘘でしょ」

ロハスはあわてて自分のにおいをかぐ。

「ソエルの城下町で仕入れた最新流行の香水を使ってるんだよ、そんなはずは」

「香水臭いんだよ」

オウルは吐き捨てるように言った。ロハスはなんだと言って、勝手にその辺に腰を下ろす。

「船長は？」

「まだ女の子たちと飲んでる」

「困ったもんだな、あのオッサン」

ため息をついてから尋ねた。

「で、なんの用だ」

「うん。面白い話を仕入れたんで、耳に入れとこうと思って」

ロハスは笑顔で言うが、オウルは顔をしかめる。

「そういう話は船長のいるところでしろよ」

「あの人、どうせ聞く気ないじゃん」

「そうでもない。聞いてなさそうで聞いてるんだ」

「そうなんだ。まあ、いいや。船長には改めて話すよ。先に聞いといてくれ」

オウルは相手の顔を見る。新参の仲間はいつもどおりヘラヘラしていて真意が読めない。

「重要な話なのか」

「うーん、どうだろう。その判断がつかないから聞いておいてもらいたいと思ってね」

耳にかかった黒い髪を軽く引っ張って、ロハスは少し真剣な表情になった。

「例の『村の恥』なんだけどね。遠回しに話を持ってってなんとか聞きだした」

「早いな」

オウルは驚いた。親子の素振りから、よそ者には話したくない事情があるのだろうと察していた。聞きだすのは難しいだろうと思っていたのだが。

「商売は情報が命だからね。その辺はオレなりに手練手管がいろいろ」

ロハスは得意顔になる。

「で、どうやらその話というのはひとりの魔術師に関わっている」

「魔術師」

オウルは更にしかめ面になった。

「この村の生まれで才能がある男がいたんだと。村の魔術師が弟子にしたんだけど、あんまり筋がいいんで魔術師の都で正式に学ばせることにしたんだって」

「へえ」

オウルは相槌《あいづち》を打つ。魔術師になりたければ師匠について学び、皆伝の免状をもらえればいい。地方在住の魔術師に習っても、魔術師の都で学んでもそれは同じだ。だが多くの魔術師が集まって術を研鑽《けんさん》する『魔術師の都』で学ぶのは皆の憧れだ。実際に魔術についての理解も深くなることが多いし、新しい研究の成果を知る機会もある。世間的にも『格が高い』と扱われやすい。

「それで。落第でもして帰ってきたのか」

不名誉な話だろうが、『村の恥』と言うほどのことだろうかとも思う。オウルも魔術師の都にいたからわかるが、あそこで学ぶのは簡単なことではない。免状をもらう前に都を去る若者も多いのだ。期待して送りだした村人は不本意だろうが、本人の適性もある。仕方ないことだ。

「近いけど違う」

ロハスは声を低めた。

「そいつは魔術師の都で立派に免状をもらって、先生のところで研究にいそしんでいたらしいんだけどね。三年前、突然村に帰ってきた」

オウルは黙って眉を上げる。都での研究生活を選んだはずの魔術師が、それを捨てて故郷に帰る。それは修行期間に落第するのとは話が違う。

免状をもらった後で師の下に残ることを許されるのは研究者として適性がある人物だ。飯をくうより魔術が好き、そんな人間でなければ務まらない。そんな魔術師は簡単に自分の研究を放りだしたりしない。

諦めたのではなく諦めざるを得ない事態になった。そう考えるべきだ。都でよくある派閥争いに巻き込まれでもしたか。いや、三年前となると……。

オウルは眉間に深くしわを刻む。違う。ソエルの出身者はいなかった。

「つまり、その男はただ村に帰ってきたわけじゃないんだな」

記憶を振り払うように尋ねた。ロハスがうなずく。

「そういうこと。帰ってきたのは出ていった時の純朴な若者じゃなかった。どうやら魔物を従えていたらしい」

「魔物？」

オウルは驚いた。人間が魔物を従える。そんな話は聞いたことがない。

「そう。そして、その魔術師は西の砦の兵士を追い払って自分のねぐらにした」

「ちょっと待て」

オウルは思わず立ち上がった。

「じゃあ西の峠にいるっていう魔物の、親玉は人間なのか」

「この村生まれの正真正銘の人間だよ」

ロハスは言った。

「名前はバルガス。村の恥っていうのはそういうことさ」


翌朝、ロハスはティンラッドにその話をした。船長は少し考え込んだ。

「その話を詳しく知っている者はいないか」

「よそ者のオレたちにどれだけ話してくれるかわからないなあ」

ロハスは困った顔をする。が、そこで終わらないのが彼である。

「ダメもとでいいなら心当たりがある。朝食を食べたら行ってみようか」

心当たりというのは村の神殿だった。ロハスが話し手に選んだのはここの神官であるらしい。オウルはひと目見て、うるさ型の爺《じい》さんだなと思った。

「バルガスのことか。よそ者に話すようなことではないのだがな」

神官は旅人たちをぎろりと睨《にら》みつけてから、ものすごい勢いで話し始めた。

オウルは感心した。神官の話にではなく、こういう人物が村にいることを短時間で探り当てたロハスの『商売上の手練手管』とやらにだ。

バルガスの父親が酒飲みのならず者であり、博打《ばくち》のいざこざで命を落としたこと。

母親は息子を村の魔術師の弟子に出したが、実際は養いかねての厄介払いであったこと。

そのためかバルガスはひねくれた子供で、いつも問題を起こす村の鼻つまみ者であったこと。

よくまあこれだけと思うくらい、過去に遡っての悪口雑言が出てくる。

「魔術の腕はそこそこだったようじゃが、結局それでも問題を起こした。腐っている奴はどこまでいっても腐っているのじゃな。だから師匠になった魔術師も、あやつを村においておけなくなった。正しい判断じゃったと思う」

「ちょっと待ってください」

オウルはつい、口を挟んでしまった。

「バルガスが『魔術師の都』に行ったのは、才能があったからじゃないんですかい」

「魔術のことなど、わしが知ったことではない」

神官は言った。

「だが、あの事件がなければ奴が村を出ることもなかったのではないかな。それについては、わしが語るべきではなかろう」

老人の青い瞳が窓の外に向かう。

「どうしても聞きたいと言うなら、彼女に聞くがいい。あれはバルガスが師事していた魔術師の娘じゃ。夫を十二年前に亡くし子供もない。父親も去年亡くなり天涯孤独になってしまった。バルガスと関わりさえしなければ、あの一家ももっと幸せだったじゃろうよ」

その視線の先には、墓の前にたたずむほっそりした姿があった。

三人は墓地へ向かった。

振り返った女は三十代半ばというところだろう。黒い髪を無造作に束ね、流行遅れの服に身を包んでいる。化粧気もないが、やわらかな碧色《みどりいろ》の瞳が美しく印象的だった。

「どなた」

訝しげに問いかけられ、ロハスが前に進み出ようとする。だがティンラッドが先に口を開いた。

「これから西の砦に向かい、バルガスという魔術師と戦うつもりの者だ」

女の顔が、感情を見せない仮面のようになる。

「そう。どうしてか聞いてもいいかしら」

問いかける声は音楽のようだとオウルは思った。

「この世のどこかにいるという魔王を倒したい。だから手がかりを持っていそうな者がいれば訪ねていく。話を聞いてくれない相手なら戦ってみる」

ティンラッドの言葉にも感情は混じらない。女は長い睫毛《まつげ》を伏せた。

「バルガスは強いわ」

「腕ならこちらも覚えはある」

それは単に事実を述べる口調だった。女は碧の目でティンラッドを見上げた。

「だったら、わざわざ私に話しかける理由は何？」

「ここの神官が、バルガスのことなら貴女《あなた》に聞けと言ったので。戦う前にわかることがあるなら知っておきたい」

彼の視線は射るようだった。女は朱《あか》い唇を軽く噛んで、

「神官様はさぞかしバルガスの悪口を言ったのでしょうね」

とだけ言った。

「そんな奴ではないのか」

「教義のことはわからないけれど、私はみんなが言うほど悪い子じゃなかったと思っているわ」

「そうか」

ティンラッドはうなずいた。

「その男が村を出ていくことになったという事件について知りたい」

女はまた黙る。

「言えないのか」

挑発するような声に彼女は、長身の船長を睨みつけた。

「私の父には二人の弟子がいた。バルガスとディミトリ。私たちは三人、兄妹《きょうだい》のように育ったわ。でもバルガスとディミトリは仲が悪かった。どんなに言い聞かせてもケンカばかりするものだ

から、父も最後は諦めてしまった。そしてディミトリが十六歳になった日に事件が起きたの。二人は父に無断で術比べをして……」

低い声がかすれ、途切れる。

「それで？」

ティンラッドが促すと、女はがっくりと首を垂れた。

「ディミトリが大ケガをしたわ。神官様の手当てが早かったのと、父の看護で一命は取り留めたけれどひどい有り様だった。そうして父は、バルガスを『魔術師の都』に行かせることに決めたの。話はそれだけ」

ティンラッドはしばらく彼女を見つめてから、

「最後にひとつだけ」

と言った。

「十二年前に死んだという君の夫の名前は」

女の唇が歪《ゆが》む。

「ディミトリよ。魔術比べで受けた傷が完全に癒えなくて、結婚して五年で死んだわ。これで満足？」

ティンラッドは顔をしかめた。

「ありがちな恋物語だな」

「そうね。でも当事者にとっては大事件だったのよ」

吐き捨てるように言うと、彼女は背を向けて墓地を去ってしまった。その背中が見えなくなった途端に、

「気の毒に。フリージアは人生をめちゃくちゃにされたのじゃ」

後ろから声がしてオウルはギョッとした。長いひげを訳知り顔に引っ張っている老神官がそこにいた。

「あんた、そこで聞いていたのかよ」

「わしがいてはフリージアも話しづらいだろうからな。物陰に隠れていた」

「悪趣味だな」

思わず率直な感想が口から出てしまう。老神官は失礼な発言をした魔術師を横目で睨んだ。

「ディミトリとフリージアは互いに好きあっておった。横恋慕したバルガスが、ディミトリを殺すために術比べを仕組んだのだと村中の噂じゃった」

重々しく言ってから、付け加える。

「お主ら、西の峠に向かうなら道中では妖怪に気を付けるがよい」

「妖怪？」

三人は顔を見合わせた。魔物と言うなら話はわかる。だが妖怪とはいったい何なのだ。

「神のお恵みでこの村は魔物の害から救われることができた。だがその代わり、一年ほど前からお

かしな妖怪が西の森に住みついてしまったのじゃ。わしらは『オクレ妖怪』と呼んでおる。西の森を人が通ると、後ろから『オクレ、オクレ』というこの世のものならぬ声がするのじゃ。食糧をひと包み後ろに投げてやるとその怪異は収まる。行くのなら余分に食糧を持っていくことじゃな」

「それ、そのオバケが食糧を食べるってことですか」

ロハスが首をひねった。

「物を食べるんなら生き物じゃあないのかな。姿を見た人はいないんですか」

「いるとも。振り返ってしまった者がな」

老神官は声を潜め、恐ろしげな表情を作った。

「この世のものとも思えない奇怪なものが、食糧をむさぼりくらっていたそうな。であるから、この妖怪に出会っても決して振り返ってはならぬぞ。呪われるかもしれんでな」

森の怪異

「手に入れてきたよ、追加の食糧」

ロハスが追い付いてきた時、オウルは村の入り口の門柱を調べており、ティンラッドは退屈そうにその横に座っていた。

「しかし本当かねえ。妖怪なんてさ」

「なんでもいい。害になるものなら倒せばいいだけだ」

ティンラッドは言う。ロハスが追加の食糧を買いに行くと言った時も『必要ない』と主張していたが、そこはロハスが押しきった。

「だって武器の通じない相手だったらどうするのよ。何しろ妖怪だよ、妖怪」

ティンラッドはバカにしたような鼻息だけで返答した。

「しかし言い伝えにしちゃあ妙な話だな」

オウルも立ち上がった。

「怪異が起き始めたのがここ一年というのが変だ。新しすぎるし具体的だ」

「オレも変だと思っている」

ロハスは言った。

「なんでこのパーティは、魔物の本拠地まで徒歩で移動しようとしてるんだ」

「それはな」

オウルはロハスを睨みつけた。

「俺がソエルで買った老いぼれロバと荷車を、お前がトーレグで売り飛ばしちまったからだ。そして新しいのを買おうという俺の意見も『無駄な出費はしたくない』と却下したからだよ、このごうつくばりが」

「だってさ、あのロバと荷車は廃棄処分寸前だったじゃん。むしろ買ってくれる人を見つけたオレの商才を評価してほしいところだよ。それに新しい馬を買ったら餌代だのなんだの維持費がかかるし」

「ああいうのは商才とは言わない。ぼったくりと言うんだ」

オウルは決めつけた。

「馬の餌代を惜しむお前に文句をつける権利はない。そこのところを肝に銘じとけ」

「いいじゃん別に、愚痴を言うのはタダなんだからさ」

「俺の心の平穏が減るんだよ。やめろ」

言いあうオウルとロハスに、

「君たち。くだらない話はやめなさい。さっさと出かけるぞ」

ティンラッドが声をかける。二人は軽く睨みあったが、仕方なく船長について歩きだした。

のどかな時間はあっという間に過ぎ去り、自分から危険な場所に飛び込む無謀な旅の再開である。そう思うと、どちらの顔にもうんざりした表情が浮かんでしまうのだった。

峠へ向かう道を楽しんでいるのはティンラッドだけだ。オウルもロハスも肚《はら》の中では『魔王なんてこの世にいなければいいのに、いたとしても見つからなければいいのに』と全力で考えていた。

砦には森を抜けて数日歩けば着くという。あたりは馬車から眺めた時と同じように平穏だった。魔物の気配はなく、目につくのは普通の動物や鳥たちだけだ。

「しかし本当に不思議だね」

あまり長いこと黙っていられないらしいロハスが、水筒の水を口にしながら言った。

「この世にまだこんな場所が残っているとは思わなかったよ。魔物がいないなんて、いったいどんなからくりになってるんだろうな」

「それがわかれば、魔術師の都で自分の塔を持てるぜ」

オウルはぶっきらぼうに言った。彼もそのことばかりを考えている。この世に突然魔物が現れたことと同じくらい、あの村の状況は理解しがたい。

ヒカリゴケの洞窟のように魔物が近づきたがらない場所はある。だがそれで説明するには範囲が広すぎるし、理由が見当たらない。土地にも水にも植物にも、特別なものは見当たらなかった。

村人たちは神官の雑な説明で納得していたが、オウルは気になってたまらない。魔術師としての本能のような研究意欲がわき上がってくる。

だが、今の彼にはその術がなかった。塔を離れた一介の旅の魔術師にできるのは、自分の命を守ることくらいのものなのだ。

だから魔王を探して倒すなどというバカバカしい企てからいつか必ず抜けだしてやる。そう改めて決意した時、

「オクレ……」

背後から気味の悪い低い声が響き渡った。

「出たあっ」

途端にロハスがものすごい悲鳴を上げた。妖怪対策用の食糧を後ろに向かって投げ捨て、ものすごい勢いで走りだす。こいつ本当は戦士としても適性があるんじゃないかとオウルは思った。

かなり離れたところまで行って、ようやくロハスは仲間たちがついてきていないのに気づいた。

「何やってんの、二人とも早くこっちに来て。今のうちに逃げるんだ」

叫びながらも振り返らないのは、妖怪を見たら呪われると信じているのか。

「今のうちにと言ってもな」

オウルは、どちらかと言えば好奇心が勝っていた。背後から魔力は感じない。襲ってくる気配もない。となれば怪異の源をこの目で見たい。

そう思って振り返る。道の真ん中にうずくまって食糧をむさぼりくらっている灰色の塊と、すたすたとそれに近づいて、

「君は魔王か。そうでなければ手下か何かか」

と普通に聞いているティンラッドの姿が目に入った。

(早いよ、船長)

とオウルは思った。

「もふもふ、はははは、はひほほでもほっひゃるは」

灰色の塊が謎の言語を発した。口からパン屑《くず》が飛び散る。くいながらしゃべるなとオウルは思っ

た。ティンラッドも嫌そうな顔をしたが、辛抱強く問いかける。

「君は魔王か。言葉が通じるならちゃんと返事をしたまえ」

灰色の塊は意地汚い仕草で食糧を口に詰め込み、音を立てて呑《の》み込んでから言った。

「魔王の眷属《けんぞく》とは失礼もはなはだしいですな。私は西の大神殿から特命を受けて派遣され、旅を続ける三等神官。非礼を詫《わ》びていただきたい」

出会って初めて、ティンラッドが仰天したところをオウルは見た。自分だってそれ以上に度肝を抜かれていたのだが。

「あんた、人間なのか」

間の抜けた質問が口から洩《も》れる。

「何をおっしゃる。見ればわかるでしょうに」

灰色の塊は機嫌を損ねたようだが、わからないから聞いているのだ。そう思わずにいられない。

とりあえず、

「おーいロハス。戻ってこい」

思いがけない成り行きに驚きながら、精神の平衡を取り戻そうとオウルは仲間を呼んだ。

「これ、人間みたいだぞ」

それにしても森に潜む妖怪の正体が、いったいどうして大神殿の神官なのか。わけがわからない三人であった。

自称『大神殿の神官』である灰色の塊は、なんだかわからないだけでなく強烈な異臭もしていた。そのままでは鼻が曲がりそうなので、話を聞く前にまずは近くの小川で体を洗わせる。

服だかなんだかわからない灰色のもさもさしたものを脱ぎ捨て、清らかな水とロハスの提供した石鹼《せっけん》で顔と体を洗い、同じくロハスの差しだした新しい下着と神官服を身に着け、これもロハスが出したカミソリで伸び放題のひげを剃《そ》り、ついでにボサボサの髪をロハスが散髪してやった。すると意外にパリッとした三十がらみの神官ができあがり、全員驚いた。正直言って、氷の洞窟で巨人が立ち上がった時よりも驚いたかもしれない。

「感謝いたします、旅の方々よ」

男は神官式に手を組んで丁寧に礼をした。

「こんなに礼儀正しい方々とは知らず、先ほどは失礼いたしました。石鹼やカミソリのみならず新しい衣類まで喜捨《きしゃ》していただけるとは」

「待った待った」

ロハスが物言いをつける。

「誰もあげるなんて言ってない。神殿は明朗会計が旨でしょ、ちゃんとお金払ってくださいよ」

男は困ったように眉を上げた。

「しかし残念ながら、私にはお支払いできるものがないのです」

ロハスの顔から血の気が引く。自称神官は慈愛に満ちた微笑みを浮かべた。

「これも神の御心。あなたは富を神の国に積む運命だったのです。祈りなさい、神のお慈悲はあなたの上に輝くことでしょう」

がっくりと地に膝をついたロハスを、オウルが慰める。

「お前、あの洞窟で神殿に喜捨するってわめいてたじゃないかよ。それが今だったと思え」

「このオレが。オレともあろう者が、相手の支払い能力を見誤るとは」

ロハスの魂は癒《いや》されないようだ。

「もうダメだ。商人としてやっていけない」

彼の絶望は放っておくことにして、オウルは懐から観相鏡を引っ張りだした。この男、神官だと言うがどうもうさんくさい。バッタもんくさいというか、まっとうな神官だと思えない。盗賊が化けている可能性もあるし、念のため確認しようと思った。

「あんた、名前は」

「魔術師よ。人に名前を聞く時にはまず、あなた自身がお名乗りなさい」

無駄にイラつく。そう思ったが言い争うのも不毛な気がして、

「俺はオウル」

とぶっきらぼうに言う。

「これでいいだろ。名前は」

「私は大神殿の三等神官、アベルと申します」

大神殿だか三等神官だかどうでもいいんだよ、とオウルは思った。だいたい三等神官というのは下っ端ではないのだろうか。神殿神官の位階はよくわからないが、名称からしてあまり高位である印象は受けない。

とにかく名前は聞いたので、オウルは観相鏡を鼻に乗せた。

アベル
しょくぎょう：しんかん
レベル五

つよさ：八
すばやさ：二百五十
まりょく：十五
たいりょく：五十八
うんのよさ：四百八十二
そうび：しんかんふく

もちもの：なし

「ちょっと待て」

オウルは一瞬、どこからツッコんだらいいかわからなくなった。とりあえず神官であることは確からしいが。

「魔力が十五ってどういうことだ。あんた、仮にも神官だろう。なんだ、その一般人と大して変わらねえステイタス。回復呪文を三回もかければ底をつくじゃないかよ」

くって掛かられたアベルは大仰にため息をつく。

「やれやれ、何も知らぬのですな。神官のふるう神秘を、あなたたち魔術師の使う魔術と同じように考えるものではありませんぞ」

「神官は回復呪文を使うのに魔力を使わないとでも言うのかよ」

オウルは眉をひそめる。確かに神官の使う術に詳しいとは言えないが、術を行使して魔力を消費しないなどということがあるとは思えない。そんなことはこの世の理に反している。

「わかっていないようですな」

アベルは偉そうに言った。

「回復『呪文』ではありません。『神言』というのです。神殿に伝えられる術とは神が人間に授けられた貴い言葉であり、常人には行使することのできぬものでしてな」

「アホかあ！　呼び名なんかなんでも構わねえんだよ」

思わずオウルは全身全霊でツッコんでしまった。また自分の幸運値がすり減っているような気がして、とても胃が痛んだ。

「だいたいレベルがたったの五ってどういうことだ。生まれた村を出たばっかりのひよっ子か。大神殿から来たって言うが、どれほど神様に守られた旅路だったんですかねえ」

皮肉を言う口調もきつくなる。しかし相手はなぜだか胸を張った。

「当然ですな。私は神に仕える三等神官。他の人より多く神のお恵みを受けることができるのです」

それがあまりに堂々としていたので、オウルは皮肉だとツッコみ直す気もしなくなった。というか話す気もしなくなってきた。

「オウル。その人は一年ばかりこの森で暮らしていたはずだろう」

ティンラッドが退屈そうに指摘した。それもそうかとオウルは熱くなった頭を冷やす。老神官は『妖怪が出るようになったのはここ一年』と言っていた。妖怪の正体がこいつであるならば、この男はずっと森で暮らしていたことになる。

「そうなのか？　あんた、ここで一年も暮らしてたのか。何をやっていたんだよ」

問い詰められて、アベルは哀愁を込めて苦笑いする。

「忘れましたよ。人界の喧騒《けんそう》から離れてどのくらい経《た》ったかなど。暦すら持たない私に日付をはかる術などない」

オウルはたいへんイラッとした。

「うるっせえ。あのな、近くの村で評判なんだよ。ここを通るとオクレオクレと食糧をねだる妖怪が出るってな。あんただろ、それ。一年もいったい何やってんだって聞いているんだよ」

「落ち着きなさい。それにはわけがあるのです」

アベルは言った。

「それなら早く話せよ」

イライラしたままオウルは言った。

神官兼妖怪は遠くを見るようなまなざしをし、語り始めた。

「一年半ほど前のことです。私は特命を受けて大神殿を出ました。そして道すがら伝道をしようとある町に立ち寄りました」

「それで」

オウルは話を急《せ》かす。アベルは暗い表情になった。

「そこでは酒や賭博といった悪徳が栄えていました。私は人々をあるべき道に引き戻そうと、夜な夜な説法をいたしました。そして気づいてみれば神殿から受け取った支度金をすべて使い果たして無一文に」

語りきったという顔で、三人を見るアベル。眉間にしわを寄せる三人。

「ちょっと待て。伝道ってあんた、そこで何をやったんだ」

「それはもう」

神官は嬉しそうに答えた。

「まずは悪徳に身を染める人々の気持ちを知らねばなりませんからな。夜ごと彼らと共に酒を飲み博打に興じ」

「飲んで遊んで金を使い果たしただけじゃねえかよ」

またしてもオウルは全力でツッコんでしまった。

「船長。こいつ、とんだ生臭神官だぜ」

ティンラッドを振り返る。ロハスがその隣りで苦い顔をしていた。この神官に服やらなにやらを提供したことを全力で後悔しているのだろう。

「生臭とは失礼な。私は清廉を旨とする神官ですぞ。悪所に足を運んだのもただ人々の心を知らんとしただけであり」

「そういう人はな、有り金使い果たすほど俗事にハマり込まねえんだよ」

オウルは吐き捨てるように言った。これ以上話を聞くのも無駄な気がしてきたが、性分なのか物事がハッキリしないと落ち着かない。

「で。それであんた、その後どうしたの」

仕方なく尋ねるが、口調がヤケクソ気味になっている。

「私も困りましてな。祈禱書《きとうしょ》や神具まで売り払っても賭博の元手はおろか宿代すらない始末。最後は身ひとつでその町を出るような破目になり」

追いだされたんじゃないだろうかとオウルは思った。

「伝道の使命を果たすため徒歩で旅を続けましたが、どこへ行っても恐ろしい魔物に遭う始末」

「そりゃそうだろうな」

みんな魔物で困っている。そういう時代なのである。

「ですがそんな時、この場所にたどり着いたのです」

アベルの目が輝いた。

「なんとこの森には魔物がいないではありませんか。たどり着けたのは神のお恵みであると、私は心から感謝いたしました。そしてここを安住の地と定め、修行の場としたのです」

「伝道の使命はどうしたんだよ」

オウルのツッコミは黙殺された。

つまりこの神官は大神殿を出た後、隣りの町でいきなり博打にハマって金を使い果たした上に、半年足らずで使命とやらを放り捨て魔物のいない森に隠れ住むことを決意したらしい。

「それからは池で魚を釣ったり森でウサギをとらえたり、秋には木の実を集めたりして悠々自適、自然と一体の暮らしをしておりましたが」

ものは言いようである。

「それでも文明の味に飢えるというか、孤独な暮らしを寂しく思う時もありましてな。しかし私が空腹に苦しんでおりました時、近くの木陰でおいしそうな弁当を食べている人物がいたではありませんか。私は喜捨をお願いしようと姿を現しました。するとなんとしたことか。森で暮らすうちに私の霊格が上がったのでしょうか。その方は弁当を残して何も言わずに立ち去ったのです」

「いや、あんた妖怪だと思われただけだから。霊格が上がったとかどれだけ前向きなんだよ」

「それからも」

ツッコミを完全に無視したまま、アベルは話を続けた。

「私が喜捨をお願いするたびに親切な旅人がおいしい食べ物をくれるようになりましてな。これもすべて神のお恵み、私の修行の賜物《たまもの》でしょう」

「そうやって一年間、村人にたかって暮らしてたのかよ」

オウルはこんな男のくだらない話を聞いてしまったことを心の底から後悔した。

村の神官は正しかった。森に潜む怪異に関わってはならなかったのだ。妖怪よりもメンドくさい何かと関わりあってしまった。そう思わずにいられない彼だった。

というわけで、この森に『オクレ妖怪』が誕生するまでの聞かなくてもよかった物語が明らかになった。

「まあいい。そのことはこれでいいとしよう」

あんまりよくはなかったが、深く考えれば考えるほど頭が痛くなる。というか腹が立ってくるのでそれは強引に流すことにした。ツッコみたいことはまだまだあるのだ。

「あんたのステイタス。何をどうすればこんなことになるんだ。敏捷性《びんしょうせい》だけ変に高いし」

本来、神官というのはどちらかというと鈍重な職業である。神官服が動きにくいこともあるし、祈禱書だのなんだの持ち物が多いせいでもあるのだが。

そこまで考えて、そういう普通の神官が後生大事に持っているもの、をこの男はとっくの昔に博打代だか飲み代だかのために売り払ってしまったのだということに思い当たった。全然信心深くない身の上であるのにもかかわらずオウルは気分が暗くなった。

「子供のころから、かけっこには自信がありまして」

嬉しそうに言うアベル。誰もほめてないよとオウルは思う。

「あと幸運値。こんなとんでもない数値、見たことねえぞ」

繰り返すようだが、人間のステイタスはどの項目でも五百が上限と言われている。あくまで噂であるが、それが本当ならアベルの幸運値は最高に近い。

「神のご加護ですな」

アベルは言いきった。

いったい、どこをどうすればそんな結論が出てくるのか。自分の行いのどこに、神のご加護をもらえる要素があるのか。この男は自省とか反省とかいう言葉を知らないのか。眩暈《めまい》がした。

「もういい」

ずっしりと疲れを感じてオウルは肩を落とした。こいつを人間だと思ったのが間違いだった。これは森に住まう妖怪なのである。言葉が通じると思ってはいけなかったのだ。

「聞きたいことはすべて聞いた。今後も妖怪生活を楽しんでくれ」

「いえいえ。あなた方にも神のお恵みがありますように。お礼と言ってはなんですが、魔除けのお祓《はら》いをして進ぜよう」

と神官服の中を探り、

「おや、祈禱書がない。数珠もないですな」

不思議そうな顔をする。

「売ったんだろう。あんたが自分で」

力なくツッコむと、

「そうでした、そうでした。しかし困りましたな。それがないと御祈禱が」

物欲しげな目でロハスを見る。視線に気づいた商人はギョッとした顔で手を後ろに回し、

「ない。ないないない、持ってない」

すごい勢いで首を横に振った。オウルはもはや呆れるのを通り越して感心した。ここまで厚顔になれるのか、オクレ妖怪。会ったばかりの他人に平然と物をねだるとは。ごうつくばりのロハスを

顔色なからしめるというのは、一種の超能力とも言えるかもしれない。

と、今まで黙っていたティンラッドが物憂げに口を開いた。

「君。神官さん。アベルとか言ったな」

その声を聞いた瞬間、オウルはとてつもなく悪い予感がした。

「私はティンラッドという者だ。職業は船長。魔王を倒すために旅をしている。君、やることがないのなら私たちと一緒に来ないか」

「せーんーちょーうーっ！」

オウルはティンラッドを怒鳴りつけたが、遅かった。

「なんだオウル。君だろう、前から神官を仲間に入れろとうるさかったのは」

確かにそうだ。が、求めているのはこういう神官じゃない。それだけは自信を持って言える。

「船長。よく考えろ」

オウルは低い声で言った。

「ステイタスっていうのは本人の生き方が出るもんだ。ちょっと見てみろ、こいつのはおかしいって。それに今の話も聞いてただろう。こんな奴を仲間にしたら問題しか起こさねえぞ」

観相鏡を差しだすが、ティンラッドは手を出そうともしない。

「いいじゃないか。このくらいの方が面白いぞ」

「面白くねえ。絶対に面白くねえよ」

オウルは言い張った。

「百歩譲って面白かったにしても、パーティには面白さよりも優先すべきものがあるんだよ。安全とか戦闘力の高さとか、何より常識とかな」

だがティンラッドにそんなことを説いても、それは無駄な説教なのだ。残念ながらオウル自身も途中でそう気づいてしまった。

というわけで、アベルが仲間に加わった。

ちなみにアベルは、比較的軽く同行を承知した。森での妖怪生活に飽き始めていたのかもしれない。ロハスがいやいやヒカリゴケのお守りを渡したところ、

「うわあ。オレ、ステイタスが最高値に達した人って初めて見たよ」

「ステイタスの最高値が五百だって噂は本当だったんだな」

知らなくてもよかったことを、その目で確かめることになってしまった。ヒカリゴケ装着後のアベルのステイタスは以下のとおり。

アベル

しょくぎょう：しんかん

レベル五
つよさ：九
すばやさ：二百七十五
まりょく：十六
たいりょく：六十四
うんのよさ：五百
そうび：しんかんふく
もちもの：ヒカリゴケのおまもり

「余計に不可解なステイタスになったな」

オウルは呟く。魔力は十六しかないのに、幸運は最高値に達している自称神官。命を預ける相手としてどうかと思う。

「さあ、皆さん。それでは張りきってまいりましょう」

アベルはやけに元気だ。その調子のいい声を聞いただけで、オウルは体力を吸い取られるような気がする。

「西の砦に魔物が巣食っているのですか」

目的地を聞いて、アベルは驚いた顔をした。

「それは初耳ですなあ」

「あんた、西から来たんだろう。どうやってソエルに入ったんだ」

オウルは尋ねた。アベルがここに来たのが一年前なら、国境はもう魔物に封鎖されていたはずだ。かといって砂漠越えの過酷な道をこの男がとったとは思えない、なんとなく。

「険しい山を越えましたが、それ以外はなんということもありませんでしたな」

アベルは首をかしげる。

「険しいって。西の国境にはそこまで険しい山はねぇよ」

街道を通れば魔物の害はともかく、道はそれなりに整備されているはずだ。

「いえいえ。道なき道をかき分け岩場を登り」

「迷っただけじゃねえの」

「苦労しましたが、気づいたらこの森におりましたな。魔物には出会いませんでしたぞ」

と言うアベル。

「うーん。これは迷ったせいで魔物がいっぱいいる場所を避けたってことかな」

ロハスが眉根を寄せる。オウルもうなずいた。

「そうだな」

幸運値最高は伊達《だて》ではないらしい。アベル、恐ろしい男だ。二人は心からそう思った。

「まあ、仲間になったからにはよろしく頼むよ」

ため息をついてオウルは言った。この幸運の高さが役に立つこともあるだろう。そうとでも思わないとやっていられない。

「そうそう。オレがケガしたら回復よろしくね」

ロハスも根回しに入る。

「もちろんですとも。私の聖なる回復神言で皆様のお役に立ちますよ」

胸を張ってからアベルは、

「それで、さぞかし皆様はお強いのでしょうな。何しろ魔王に挑戦しようというのですから」

ゴマをするようにニヤニヤしながら尋ねてくる。それはなかなかこのパーティの微妙な部分に関わる質問だ。

「船長は強いぜ」

オウルは視線をそらして答えた。

「うん。船長さんは強い」

ロハスもうなずいた。

「そうですか、それは頼もしい。それでお二人はどのような技がお得意で」

更にアベルは聞いてくるが、

「ああ。戦闘になればわかるよ」

「うん。そうしたら多分、アベルさんが声をかけられたわけも納得できると思うよ」

二人は口をそろえて答える。いつの間にこんなに息が合ってしまったのだろうと、オウルはなんだか哀《かな》しい気がした。

「ふむ、楽しみですな。私の神言の冴《さ》えも楽しみにしておいてください」

しきりにうなずくアベル。

「ああ、頼むぜ」

オウルは心から言った。回復呪文……いや神言はパーティの要と言っていい。その使い手がいるだけで戦闘はずいぶん楽になる。だからもうそれだけでいいやとオウルは考えた。基礎の基礎、回復さえちゃんとやってくれるなら後は目をつぶろう。たとえ人間というより妖怪的な相手であっても仲間として扱おう。船長のせいで、そうせざるを得ない状況になってしまっているし。

その時、

「君たち。武器を取りたまえ」

ティンラッドが低い声で、だが口許《くちもと》に笑みを浮かべて言った。

「どうやらその機会が来たようだぞ。魔物の気配だ」

彼はもう『新月』を構えている。ロハスがおっかなびっくりヒノキの棒を取りだすのを横目に、オウルも月桂樹《げっけいじゅ》の杖を構え防御呪文を唱えようとした。

「ガル……」

言い終わる前に鮮血が飛んだ。

眼前に飛び込んだ真っ黒い影がティンラッドにぶつかり、一瞬で駆け抜けていった。

「船長っ？」

ロハスの悲鳴が響く。

「大丈夫だ」

胸と腹を切り裂かれたティンラッドは言った。

「オウル、防御呪文を急げ。相手は速いぞ、気を付けろ」

「ああ」

焦りつつも、集中を乱さず呪文を唱えきる。重ねがけが必要かと考えた。同じ呪文を対象に重ねてかけた場合、効力は一度目よりも落ちる。だがやらないよりはマシだ。ティンラッドが対応できないほど速い相手なら、防御を上げることが肝心だと思う。

そして思いだした。パーティにもうひとり、敏捷性の高い人間が加入したではないか。

「おい神官。あんた、棒っきれでもなんでもいいから持って、少しでも戦闘に参加しろよ。いや回復呪文が先だ、船長の傷を治せ」

振り向かないまま指示を飛ばしたが、答えがない。というかアベルの気配自体がない。余裕のない状況なのだが、思わずオウルはあたりを見回して新しい仲間を探した。

目に入るのはティンラッド、ロハス、自分、そして魔物。以上。

「あのクサレ神官、いねえじゃねえかよ。どこへ行きやがった」

「一瞬で魔物にやられたってわけでも……ないよねえ」

ロハスも脱力しきった声で呟く。丸呑みにされたならともかく、そうでなければ死体の断片くらい残るだろう。それすらもないのだから答えは見えている。

今こそわかった。アベルの、低いレベルに似合わぬ突出した敏捷性の謎が。

彼はここに来るまでの行程でも、魔物に遭ったら脇目もふらずに逃げだしていたに違いない。仲間がいても当然のように見捨て、一心不乱に逃げて逃げて、逃げ続けた結果があの数値なのである。

「逃げたらレベルは上がらないから、そりゃあ低いままだよねえ」

ロハスの声が平坦《へいたん》になっている。

「あの敏捷性の高さは逃げ足の速さかよ」

呆れ果てて怒る気力もわかない。そんなことを思っていたら、かん高い金属音が弛緩《しかん》した気分を粉砕した。

「君たち。ぼけっとしているヒマはないぞ」

ティンラッドの叱責が響く。『新月』の黒い刃が、魔物の鋭く長い爪を止めていた。敵はティンラッドの身長を上回る巨大な黒ヒョウだった。

「すまん。今、攻撃力を上げる」

あわてて気を引き締め直し、ティンラッドに向けて呪文を唱える。続けて観相鏡をかけ、魔物のステイタスを確認した。

サーベルパンサー・黒

たいりょく：二百七十
まりょく：零
つよさ：三百
すばやさ：六百八十

「やっぱり速いな」

舌打ちする。筋力はティンラッドと互角というところだが、速度が乗ることで打撃力は倍加されていくはずだ。速さに対応できなければ、船長と言えど苦戦するのではないだろうか。

魔物はしばらくティンラッドと組みあった後、力押しでは倒せないと見て距離を取った。

「来るぞ、気を付けろ」

相手から目を離さないまま、ティンラッドが大声で言う。足止めできていた先ほどまでより今の方が危険だ。オウルもそれを理解した。

「ガルデ」

防御呪文を全員に重ねがけする。続けて、

「ペルラハン」

魔物に向けて杖をふるった。敏捷性を減少させる呪文だったが、魔物の方が早かった。対象を見失い、行き場を失った魔力はその場で雲散霧消する。

「逃げられたか」

いまいましげに呟いた背中を、思いきり突き飛ばされた。

「どけ！」

ティンラッドの怒号。『新月』の刃が走る。魔物のうなり声。自分が狙われ、船長が助けたのだと膝に痛みを感じながらオウルは気づいた。

「畜生。これじゃ足手まといになってるだけだ」

「うん、まあ初めからそれは見えてるんだけどさ」

ロハスは観念したのか諦観しきっているのか、非常にやる気がない。

「わかったようなこと言ってるんじゃねえよ」

オウルは怒鳴りつけた。

「何か考えねえと、いつまでも守ってはもらえねえぞ。とにかく奴の足を止める。そうすれば船長が勝つ」

「止めるったってどうやって」

ぼやいたロハスを、

「下がれ」

ティンラッドが押しのけて走る。彼も獣のようだった。長い脚がしなやかに地を蹴り、跳ね上がる。空を薙《な》いだ刀が、魔物の牙に当たって耳障りな音を立てる。人と魔物、それぞれの武器がせめぎあった後、研ぎ澄まされた刃が敵を砕いた。折れた牙が宙を飛び、ロハスの足元に突き刺さる。

「ひえええええ」

ロハスはすくみ上がった。オウルはイライラした。

「ひええじゃねえ。情けない声を出してるヒマがあったら何か知恵を出せ。いや物を出せ」

「出せって何を」

言いながらも、とりあえず『なんでも収納袋』を取りだしている。オウルは考えた。

「そうだな、網がいい。なるべく大きいヤツだ」

「網って言ってもいろいろあるけど。落とし網、地引き網、投網《とあみ》、刺し網。あ、かすみ網なんてのもあるよ」

「種類なんか知るか。なんでもいい、なるべく丈夫なヤツだ」

「丈夫ねえ」

ロハスは首をかしげながらも、袋の中を探る。

「大きいのって言うと刺し網か地引き網かなあ。あ、破かないでよ、高いんだから」

「てめえの命とどっちが高価だ」

オウルは乱暴に返した。前にも似たような会話をした気がするが、相手がロハスなのだから仕方ないと諦める。

「あれだ、鳥を取るようなヤツ。ああいうのが欲しい」

「じゃあかすみ網かな。でも網が細いよ」

「丈夫なヤツだって言ったろう。丈夫で大きくて、で、鳥を取るようなヤツだ」

「ワガママだなあ」

ロハスはため息をつきながら、袋から大きな網を引っ張りだした。網目のひとつひとつも拳が通り抜けるくらい大きい。

「これ、海の中に沈めて壁を作るみたいに張るのよ。すると通った魚が引っかかって逃げられなくなる。大きめの魚を取る用のヤツだから太くて頑丈。これでいい？」

「おあつらえ向きだ」

オウルはうなずいた。網の端をつかんで握りしめる。

「おいロハス。お前さん、反対側を持ってあっちの木にくくりつけろ」

道を渡った向こう側にある太い木を指さす。

「え？」

「壁を作るんだよ。あんたが言ったみたいにな。ただし捕まえるのは魚じゃねえ」

それでロハスも納得がいったようだ。

「わかった」

うなずいてから彼は厳粛に言った。

「ただし条件がある。こっち側の木に網をくりつけるのはオレがやる。道の反対側まで走るのはオウルがやって」

「なんで俺が」

「いいじゃんよ、オレは網を提供したんだし。言いだしっぺが責任を取れっていつもオウルが言うんじゃんか」

言い返せなかった。

「ちきしょう！　地獄に落ちろ、ごうつく商人」

毒づきながら、重たい網をつかんで道を走る。魔物はティンラッドが相手をしている。

鋭い刀さばきで魔獣の爪と牙に対抗しているが、敵の動きは速い。もし魔物がこちらに狙いを定めたら、一瞬であの爪に貫かれることだって十分にあり得る。そう思うと肝が縮むが、黙って立っていても同じことだと無理やり自分に言い聞かせ足を前に出す。

「おっと逃げるなよ、ヒョウくん」

ティンラッドは陽気に叫んで、魔物の肩口に黒い刀身を叩《たた》き込んだ。敵は咆哮《ほうこう》する。長く鋭い爪の先が服を裂き、陸に上がった船乗りの皮膚と肉をえぐる。彼は笑い声を上げた。

相手はこれ以上刃をくらうまいと逃げる。それを追ってティンラッドは走った。反撃の機会を狙っている敵の気配を読み、風の音を聞く。

力なら同等だ。オウルの術の支援もある。だが速度では相手に分がある。前足を振りかぶっての一撃も、速度と体重を乗せられれば威力が倍増する。ステイタスの数字は目安でしかない。その中で敵の能力をつかみ、攻撃を見切るのが戦士の技量というものだ。

骨をも砕く一撃をのけぞって避ける。大ぶりな動作の隙をついて踏み込み、刀を突き入れる。

彼が『新月』・『皓月《こうげつ》』の二本の刀を差しているのは予備という意味もあるが、それだけではない。微妙な形状の違いから『皓月』は薙ぎ払う攻撃に、『新月』は突きに威力を発揮する。魔力の通り具合も違うから、奥義の効果も変わってくる。相手によって使い分けるが、ただの気分であることも多い。

今日は『新月の気分』だった。だから彼は黒い刀身をかざして走る。

大型の肉食獣なら魔物でなくとも人間より身体能力が優れているものだ。油断すればやられる。だが、それだからこそ戦いは面白い。

飛びかかってくる爪を刃でそらし、噛みつこうとする牙の間に刀を突き込む。相手はそれを避け、倍加する勢いでこちらに襲いかかる。

命をぶつけあう瞬間が永遠に続くような錯覚。体中の神経が昂《たかぶ》って笑みがこぼれる。戦いの恍惚《こうこつ》に血がたぎる。

視界の端におかしなものが見えた気がした。確認したくて、ティンラッドは魔物と撃ちあいざまに体の位置を入れ替える。彼の仲間たちが道の両側の木に登っていた。

何かを張り渡そうとしているようだ。森の小道には不似合いだが、ティンラッドの目にはなじんだものだ。

「船長！」

彼が見ているのに気づいてオウルが叫んだ。こっちに来いと言うように枝の上から手を振る。どうやら魔物の足を止めるつもりのようだ。止めさえすれば自分に分があると思っている。

ティンラッドは笑った。こんな風に信頼されてしまったら、応えないわけにはいかないだろう。

魔物の正面に立つと敵は警戒し、様子を見るために動きを止めた。その隙を狙い鼻先に刃をお見舞いする。敏感な部分に手傷を負わされ、魔物が悲鳴を上げる。

それを確認し、ティンラッドは背中を向けて全速力で走りだした。駆け比べなら相手に分がある。これは下策だ。それでも敢《あ》えて、無防備な背をさらす。

魔物が吠《ほ》えた。足音と湿った呼吸を背後に感じる。挑発に乗り、彼を追い始めた。

戦うよりも危険な状況に身をおきながら、ティンラッドはまた笑った。下策であろうが相手が乗ってきたなら十分だ。

怒りに冷静さを失ったらしい魔物は、執拗《しつよう》に攻撃を仕掛けてくる。ティンラッドは身軽な動きで敵を翻弄するが、時に鋭い爪が肉にくい込む。血が噴きだしても彼はそのまま走り続ける。

全力で走れば十数えるうちにたどり着くだろう距離が、果てしなく遠かった。

路上に張られた網までたどり着くと、それを背にして再び魔物と向きあった。全身の魔力を黒い刀身に集める。

「……魔突」

攻撃されると理解したのか、ティンラッドが奥義を撃つより一瞬早く魔物が跳ね上がった。前足を振りかぶる。くらえば肉塊となるだろう。

だがそれが届く前にティンラッドは身を沈めた。張り渡された網の下をくぐり、反対側に身を滑らせる。

魔物は闇雲に獲物を追いかけた。目の前で突っ立っているティンラッドをくいちぎろうとして、頭から網に突っ込んだ。

「いいぞ、ほどけ」

オウルの声がした。

「ひええ、おっかないよお」

ロハスの悲鳴が響く。

鼻先を搦《から》めとられた魔物が抜けだす前に、二人は木の幹に縛り付けた網の両端を一斉にほどいた。暴れていたのが災いし、大ヒョウの体全体に網が巻き付いてしまう。

「ロガム！」

木から滑り降りたオウルは呪文を唱え、月桂樹の杖で網を叩く。途端に網は見る見るうちに色と材質を変えた。

物質を一時的に金属に変化させる呪文である。もがく魔物の爪も牙も金属の網に拘束され、引き裂くことができなくなった。魔物の声がまた森に響く。

「船長。長くはもたねえ」

オウルの言葉にティンラッドはうなずいた。魔力は十分に溜まっている。こうなっては奥義を使うほどの相手ではなかったが、『彼』との戦いは楽しかったから惜しいとは思わなかった。

「魔突・諒闇《りょうあん》新月」

魔力を乗せた一撃が頭蓋骨を軽々砕き、魔物は息絶えた。

「やれやれ。死ぬかと思った」

道にへたり込むロハス。

「まあまあ楽しめたな」

刀身に付いた血をぬぐい、ティンラッドは『新月』を鞘《さや》に納める。

「なんとかなってよかったぜ」

オウルも二人のもとに歩いてきた。

「しかし、きついな」

「きつい？　何が」

尋ねるティンラッドに、オウルは不機嫌な顔になる。

「あんたは楽しんでるかもしれないがね。俺たちは魔物が出るたびに冷や冷やなんだよ。命がけの戦いなんてやりたくないんだ」

言い捨てて背中を向け、来た道を少し戻る。視界の隅にシグレル村の境界を示す道標が立っていた。オウルはかがみ込んで、それを子細に調べた。ロハスはロハスでもとの材質に戻りつつある網をおっかなびっくり回収している。

「ああ、ちょっと破けちゃった。オウル、補修してよね。これじゃ売値が下がるじゃないか。その分の損失はどうしてくれるのよ」

「知るか。命が助かったんだからいいだろう」

「それとこれとは別」

そう言ってから、ロハスは魔物の死骸に目をとめた。

「オウル。皮なめしの術が使えたよね」

「まあ、できるがよ」

「じゃ、こいつの皮をはいで。ヒョウ皮は高く売れるぞぉ」

もう嬉しそうな顔をしている。ブレない奴とオウルは思った。

「あ。でもそれより、船長の傷を手当てしなきゃ」

思いだしたようにティンラッドを振り返る。いや、本当に今思いだしたのだろう。網→ヒョウ皮→船長という具合に、彼の中での重要度がハッキリわかる。ひどい話である。

「あの神官がいればな」

苦々しい思いでオウルは言った。

「あっという間に逃げやがった。信じられねえ」

すると木立の間から、パチパチと手を叩く音がした。

「逃げてなどおりません。神官アベル、ここにて皆様の戦いを見守らせていただき……いや、いつでも助力できるように待機しておりました」

逃げたはずの神官が木の陰から顔を出し、

「皆様お強いですなあ。これで私も安心してご一緒に旅ができます」

にこやかに笑っている。

——アベルがなかまになりたそうにこっちをみている！——

「あっ、てめえ。よくもおめおめと顔を出せたな」

怒るオウル。

「何がいつでも助力できるようにだ。いくらでも船長に回復呪文をかけるヒマはあったろうがよ。なのに戦闘中は隠れていて、全部片付いてから顔を出すとはどういう了見だ」

「呪文ではありません。神言ですぞ」

「どっちでもいいんだよっ」

オウルはわめく。アベルのいい加減さが怒りに拍車をかけ、頭がクラクラしてきた。

「船長がなんと言おうと、俺はお前が仲間だなんて認めないからな。大事な時にパーティを見捨てて逃げるような奴に背中はまかせられねえよ」

「まあまあ、固いことはおっしゃらずに。怒ると健康によくありませんぞ」

「お前が言うな。お前のせいで怒ってんだよ」

「オウル。そう怒鳴るな」

ティンラッドが飄々《ひょうひょう》と言う。

「戻ってきたならそれでいいだろう。探す手間も省けたし」

「そうそう。船長のケガも治療してもらわなきゃいけないし」

同調するロハス。

「そんなの知るかあ」

オウルは怒鳴った。

「俺は嫌だぞ。こんな奴仲間じゃねえ。森に帰れ、この妖怪！」

怒号は森の中にこだまするのみであった。

西の砦へ

オウルがいくら反対しても、ティンラッドが気にしなければそれだけの話である。アベルの復帰は問題なく認められた。

「それでは回復神言を唱えましょう」

アベルは神官服の袖をまくり上げ、傷ついたティンラッドの前で手をかざす。

「いきますよ。パパルポン」

叫ぶと同時にアベルの掌《てのひら》が光りだす。その光は全身に広がり、やがてアベルの背後に突然巨大な円盤が現れた。均等に十等分され、それぞれに数字が記されている。『一』が五つ。『ゼロ』が二つ。更に『二』『マイナス一』『マイナス二』がそれぞれひとつずつ、法則性なく並んでいた。

その円盤がアベルの背後で回りだす。初めはゆっくり、それから勢いよく。

「えーと。オウル、コレ何だろ」

ロハスが肘でつついてくる。

「オレ、こんな回復呪文見たことないんだけど」

「奇遇だな」

オウルは苦虫を噛みつぶしたような顔で応えた。

「俺もそうだ」

「はっはっは、心配することはありません」

会話を聞きつけ、アベルが明るく言う。

「これは私の癖のようなもので、いつのころからか神言を唱えようとすると現れるんですな。害はないのでお気になさらぬよう」

「気になるよ」

思わずツッコんでしまうが、その間も円盤は回っている。やがて回転が遅くなり、最後に一ヵ所だけが明るく輝きだした。『ゼロ』のマスだった。

「おや」

アベルが眉をひそめた。体を包んでいた輝きが急速に失われていく。

「どうしたんだ」

オウルは尋ねる。

「船長の回復は」

「いやあ、失敗してしまいましたな」

アベルは笑って済ませた。だがオウルとロハスはそうもいかない。

「待て。失敗ってなんだ、失敗って」

「あのさ、疑うわけじゃないけど。アベルってホントに回復呪文を使えるんだよね？」

二人から睨まれてもアベルは平気である。

「ご心配なく。今のはちょっとしたお茶目ですな。今度こそちゃんと回復をさせますよ」

もう一度手をかざし呪文……神言を唱える。再びアベルの体が光に包まれ、そしてやっぱり背後に円盤が出現した。

「癖って」

「こういうの、癖って言っていいのか」

呟きあったロハスとオウルは、円盤に記された数字が変化していることに気が付いた。『一』が三つになっている。代わりに『三』と『マイナス三』が増えていた。

そして円盤は回り、『三』で止まった。

「船長さんは運がいいですな、当たりですぞ」

アベルが嬉しそうに言う。彼を包む輝きが大きく強くなり、それは一気に船長の体を包み込む。

次の瞬間、傷も魔力も回復した状態でティンラッドが立っていた。

「変わった回復呪文だな」

ティンラッドは言った。

「私が知っている神官の術とは少し違うようだが」

「私は神に愛されておりますので」

アベルは鼻高々で言った。

「今の『ビックリドッキリルーレット』は、私だけが使える特別な技でして。数字が大きなマスに止まれば止まるほど神言の威力が増すという神の恩寵《おんちょう》なのです。今は『三』が出ましたからな、効力が三倍増。たいへんお得でしたぞ」

「待て。ちょっと待て」

オウルは割って入った。

「そうすると、さっき失敗したのは」

「『ゼロ』に止まってしまいましたからな。残念ながら、あのマスに止まると神言の効果がなくなってしまうのです」

やれやれと首を振るアベル。しかし、その言葉はオウルに嫌な予感を抱かせた。

「待て。ホントに待て。じゃあ」

思わず声も低くなってしまう。

「もし『マイナス』のマスに止まったら、何が起こるんだ」

「はあ？　マイナスですか」

「あっただろうが。さっき、マイナス一とかマイナス二とかマイナス三とかの目が」

とても考えたくないが、三で効果三倍増だと言うのならマイナス三の場合はどうなるというのだろう。

「あっはっは、心配性ですな。大丈夫ですよ、何も起きませんから」

アベルは軽く笑い飛ばした。

「どうして何も起きないなんて言える。だったらあのマス目はなんだ」

「神様の遊び心的な何かではないでしょうか。大丈夫です、あのマスの数字が出たことはありませんから」

「……出たことがない？」

オウルは横にいたロハスと顔を見合わせてしまう。アベルは鷹揚《おうよう》にうなずいた。

「はい。あれが現れるようになって以来、マイナスのマス目が出たことは一度もありませんな」

二人の脳裏に、アベルの人間離れした高い幸運値が点滅する。この男は運だけでマイナスのマス目を避け続けてきたとでも言うのか。あり得なくもないところが怖い。

だがしかし。もしもその確率補正も潜《くぐ》り抜けてマイナスの目が出た時には、いったい何が起きるのだろうか。

「ふざけんな。回復呪文にそんな賭博要素はいらねえんだよ。こんな神官、いない方が十倍マシだ」

ようやくパーティに参加した神官が『コレ』である。運命の理不尽さに怒らずにいられないオウルであった。

問い詰めた結果『ビックリドッキリルーレット』なるものはアベルの意志に関わりなく神言を使おうとすると勝手に発動することと、円盤の数字は同じ術を短時間に繰り返そうとすると変動し、『一』などの無難な数字が減って『三』や『マイナス三』といった大きな数字が増えていくらしいとわかった。

「つまり賭博の論理ね。やればやるほど賭け率が高くなる……」

ロハスが渋面を作って言う。

「当たりが大きくなる分、はずれた時の危険も大きくなるわけか」

オウルも負けずに渋い顔になっている。そうもなろうというものだ。回復術に人が一番求めるものは確実性ではないだろうか。あのルーレットはそれを根底から覆している。

「だいたい効果が三倍になったからってなんの意味があるんだよ。元以上に健康になるとでもいうのか」

元どおり以上にはならないだろうと思う。そうなったらもはや回復ではなく肉体改造の部類だ。

「いやいや、そうでもありませんぞ」

なぜだか偉そうに言うアベル。どうしてこの男はあの厄介なルーレットを使えるものだとカン違いしているのか、その意味がわからない。

「効果が二倍、三倍になるということはですね。二度三度と神言を重ねがけしなければならない場合でも一回で済むということです。魔力も一回分で済むのですぞ。これをお得と言わずなんと言えばよいのです」

まるでロハスみたいなことを言うとオウルはげんなりした。だいたい神の力を行使して回復を行うのに、『お得』という言葉が出てくるのがおかしい。いや、アベルの存在そのものが何もかもおかしいのであるが、それにしてもツッコみたくてたまらない。

「オレ、回復には地道に薬草を使うわ」

ロハスが言った。

「ああ。たっぷり仕入れておいてくれよ」

オウルもうなずいた。

この神官に命を預けるのは危ない。それがパーティの共通認識となった。

「ご心配なく。私の魔力量はちょっとばかり少ないですが、昼寝でもすればすぐに回復しますので。いつでも皆様のお役に立ちますよ」

アベルは得意顔で言うが、魔力も少ないのだったと思いだして二人はますます暗い気分になる。回復神言をたった二回唱えただけで、自称神官の魔力量はもう一ケタになっているのだ。あらゆる意味で使えない。

「いや、それはそれで天の恵みかもしれないよ」

慰めるようにロハスが言った。

「考えてもみてよ。もしアベルの魔力量が人並みだったら、いくらでも重ねがけできちゃうんだよ」

なるほどとオウルは思った。重ねがけするほどにルーレットの賭け率は危険になっていくのだ。

「……だな」

同意してため息をつく。『陸に上がった船長』、『攻撃呪文の使えない魔術師』、『ごうつくばりの商人』、そして『クサレ神官』。こんな面子《メンツ》で魔物を率いる謎の魔術師に戦いを挑みに行こうとする自分たちは、単なる自殺志願者ではないだろうかという気がしてたまらなくなってくるのだった。


気を取り直して旅を再開する。ロハスが魔物の毛皮をはぐことにこだわったので、出発までは少し時間がかかった。

「それでは張りきってまいりましょう」

調子だけはいいアベルの掛け声に余計に腹が立つ。しかし、それはもう無視することにした。彼に対してツッコんではいけない。ツッコめばツッコむほど深みにハマる。そんな気がする。

「なんと。砦の魔物は人間が率いているのですか」

話を聞かされ、アベルは眉をひそめた。先ほどはそこまで話す前に魔物が現れてしまったのだ。

「罰当たりな話ですな。ご安心ください、この私の神言のひらめきが堕落した者どもに必ずや神罰を下すことでしょう」

「回復呪文でどうやって敵を倒すんだよ」

「アベルの魔力じゃ足らないでしょう」

同時にツッコんでしまうオウルとロハス。ツッコんではいけないと思いながらも、ツッコむべき箇所が多すぎてツッコまずにいられない。板挟みに苦しむ二人であった。

「問題はありません。神の力は広大にして普遍なのです」

そして、ツッコミを雑に受け流すアベル。

「その時をお待ちなさい。必ずや信仰が奇跡を起こすでしょう」

「そんな時は来ねえよ」

オウルはむっつりと言い、

「うん。気長に待ってるから、オレが死ぬまでになんとかして」

ロハスも投げやりに返事をした。そんな無茶ぶりをされても、神様だって困惑するだろう。

「このパーティもにぎやかになってきたな」

ティンラッドが楽しそうに言う。

「活気のあることはいいことですな。船長さんの人徳といえましょう」

うなずきつつヨイショするアベル。

「違う。船長」

オウルはきっぱりと主張した。

「盛り上がってない。盛り下がってるんだよ、このパーティは」

「にぎやかじゃないか」

「そうですよ。人がたくさんいて楽しいではないですか」

「楽しいのはあんただけだ、このクサレ神官」

毒づいてからティンラッドに顔を向ける。

「おい船長、提案するぞ。ここの魔物をやっつけたら、次に向かうのは大神殿だ。このクサレ神官をのし付けて返品して、もっとマトモな奴と交換する。そうじゃなきゃやってられねえ」

「うーん」

ティンラッドは不満そうな顔をする。

「大神殿に魔王がいると思うか」

「そうですよ。だいたい、私は大神殿から受けた特命を果たす旅の途中です。使命も果たさぬうちに、おめおめと戻るわけには」

「あんたに使命を語る資格はねえよ」

どうしてもツッコまずにはいられないオウルだった。ある意味、それは彼の不幸とも言えるだろう。

「あと、魔王がどうとかよりこっちの方が大事だ。この妖怪が野放しになってる方が、魔物よりよっぽど迷惑だろうがよ。そんなことをしたバカが誰だか知らねえが、責任を取らせなきゃ気が済まねえ。絶対に行くぞ、大神殿」

「やれやれ」

ティンラッドは肩をすくめた。

「君がそんなに言うならそうしてもいいが。どこにどんな手がかりがあるか、行ってみなくてはわからないしな」

こうしてパーティの次の目的地が決定された。

「もっとも、目の前の敵を攻略しないと次も何もないんだけどさあ」

ロハスが憂鬱な顔で言う。戦闘が苦手な彼は、そのことを考えるだけで気分が落ち込むらしい。

自分だって同じようなもののはずだがとオウルは思う。どういうわけだかパーティの中核のようになってしまっている。すごく嫌だった。

いつか絶対に抜けてやる。何度目かの誓いを胸に刻んだ。

「ところであれはなんでしょう」

不意にアベルが道の横を指さした。

「なんだ？」

全員が気を引き締めてそちらを見る。

「ほら、あそこです。なにやらふわふわ動いていますよ」

森の奥を指すが、

「何も見えねえぞ」

オウルは眉根を寄せた。

「魔物の気配もないな」

ティンラッドもうなずく。

「いやいや確かに何かあります。ほら、また動いた」

頑固に主張するアベル。

「ヤダなあ」

ロハスが嫌そうな顔をした。

「気味悪いこと言わないでよ。もう暗くなり始めているし、気持ち悪いじゃないか」

「確かに。ハッキリしないと落ち着きませんな」

アベルはうなずき、藪《やぶ》をかき分けだした。

「確認してまいります。ちょっとお待ちを」

「待て待て待て」

オウルはあわててアベルを止めた。

「目的地は反対方向だ。魔磁針もそっちを指してる」

地図と、西の砦に向けた魔磁針を見せるが、

「大丈夫ですよ、すぐに済みます」

アベルはまたも森に足を踏み込もうとする。

「行くなって言ってんだろ。寄り道してるヒマはないんだよ」

怒鳴るオウル。アベルは怪訝《けげん》そうな顔をする。

「しかし中途半端は気持ちが悪いとロハス殿もおっしゃったではありませんか」

「言ってない。オレはそんなことは言ってない」

ロハスは急いで否定する。オウルもきっぱりと言った。

「寄り道はしねえ。森の中のは幻惑能力のある魔物のいたずらって可能性もあるぞ。こっちは大きな戦闘を控えているんだ、できるだけ体力や魔力は温存しておきたい。まっすぐに砦を目指す」

「そうおっしゃられましても。気になりますなあ」

アベルはなおもこだわるが、

「もういいか？　私は行くぞ」

飽きっぽいティンラッドがさっさと歩きだしてしまった。

「ほら。ひとりで魔物と戦いたいって言うなら止めないが、そうじゃないならさっさとついてこ

い。団体行動できねえのか、あんたは」

言い捨てて歩きだしてから、いったい団体行動なんてできる人間がこのパーティにいるのだろうかとオウルはとても暗い気分になった。アベルはまだ後ろが気になるようだったが、『ひとりで魔物と戦う』が衝撃的だったらしく仕方なさそうに後をついてきた。

止めたりせずにあのままパーティから落伍《らくご》させておけばよかったとオウルは後悔した。


それから数時間後。

「あ。あちらで怪しい物音が」

アベルが足を止め耳を澄ます。ロハスとオウルはちょっとだけ振り返った。ティンラッドは構う素振りも見せずにさっさと前へ進んでいく。

「気にしなくていい。ほら、行くぞ」

オウルもそれだけ言って、ティンラッドの後に続いた。アベルは『おかしいですなあ』と呟きながら後をついてくる。

「ねえねえオウル」

ロハスが近づいてきて囁《ささや》いた。

「これで何度目かな」

「七度目だ」

オウルは素っ気なく答える。

「あんまり考えたくないんだけどさあ。変な気配に気づくのはいっつもアベルひとりだよね」

「そうだな」

「で、気になる方向がいっつもオレたちが行こうとしてるのとは逆だよね」

「そうだな」

「だけどアベル自身は、オレたちについてくるのが嫌ってわけじゃないんだよね」

「残念なことにな」

嫌がってくれたらよかったのにと思いながらオウルは答えた。ロハスは深くため息をつく。

「あのさ。こんなこと思いたくないんだけど、これってあれなんじゃない」

「あれってなんだ」

無愛想な対応に、ロハスはほんの少し苛立《いらだ》たしげな表情をする。

「わかってるくせに。あれだよあれ。幸運五百」

オウルは黙り込んだ。彼もそのことを考えないではなかった。アベルの高すぎる幸運力。そしてソエルに入ってくる時、森で迷って砦の魔物に遭わなかったという話。

「アベルの幸運が、全力でこっちに行くなってオレたちを引き留めてるような気がするんだけど」

呟くロハスに、

「だったらどうする」

オウルは捨て鉢に言った。

「船長を放ってアベルについてくか。確かに命だけは保証されるかもな」

行き着く先が森に住まうオクレ妖怪であったとしてもだ。

ロハスは前を行くティンラッドの背中をしばし見つめた。それからもう一度、深い息をついた。

「……だよねえ」

「だろう」

オウルもため息をついた。

「俺たち、もう詰んでるんだよ。あのオッサンについていくことになった時からな」

陸に上がった船長は引き返すことなど考えてもいない。ただまっすぐに西を目指し続けていた。

砦の魔術師

数日かけて砦にたどり着いた。

アベル（の幸運）による『反対方向への誘導』はずっと続いた。気にせず進むティンラッドと回れ右しようとするアベルに挟まれ、オウルとロハスだけが消耗する道中だった。

「とにかく着いたな」

「うん、着いたね」

崩れかけた城砦《じょうさい》を遠目に眺め、二人は確認しあった。

「少なくとも、これであんな苦労は終わったわけだ」

しみじみと言った瞬間、その希望は打ち砕かれた。

「お聞きになりましたか！　今、どこかでうら若い乙女の叫び声がしましたぞ」

とか言いながら、アベルがまっしぐらに道を逆走し始めたのだ。

「そんなもんいねぇよ。空耳にしてももう少しマシなことを聞けねぇのか」

アベルを引き戻したオウルは、そう怒鳴り散らした。規格外の神官は足だけは速いので、追いかけるのが大変だったのだ。

「わかった」

「ロハス、縄かなんか出せ。縛り付けでもしないとこいつ、どこに行っちまうかわからねぇ」

ロハスは素早く『なんでも収納袋』から縄を出した。二人がかりでアベルを縛り上げる。

「ああっ、何をなさいます」

悲鳴を上げるアベル。

「うるせえ。ここまで来たら一蓮托生《いちれんたくしょう》なんだよ」

ほとんどヤケクソな言葉の気もしたが、ひとりだけ逃走するのだけは許せない。そんな気分になっている。

「アベル、死ぬ時は一緒に死のう」

思いは同じなのか、ロハスも真面目な顔でそんなことを言っている。この顔ぶれでの心中はイヤだとオウルは思ったが、アベルだけが生き残るのはもっと腹立たしい。それが本音である。

「君たち。いいか」

ティンラッドが振り返った。

「目に見えるところに見張りはいないようだが、魔物の気配はぷんぷんする。近づけば何かしらが襲ってくるのは覚悟しておけ」

真剣な声にオウルは気を引き締めた。ロハスも表情を厳しくしている。アベルだけが相変わらずの調子で、

「仲間ではありませんか。お願いですぞ、ほどいてくだされぇ」

と哀願している。

「あの入り口まで走るぞ」

ティンラッドは砦の門を指した。アベルの哀願をガン無視した態度にひどいなと思わないでもなかったが、自分も取りあう気はないのでオウルは特にツッコまなかった。代わりに杖を構える。

「船長、先に全員に防御呪文をかけておこう」

「待って待って。オレ、防具をつけるから」

ロハスがあわてて『なんでも収納袋』の中を探りだす。

「あのう。この縄をどうか」

なおもアベルは訴えるが、やはり無視された。

すべての準備が整って、四人は道の先を見据える。森の出口から門までは徒歩で数分だろう。大した距離ではないが、戦いながらとなるとそれは途端に遠い道のりに変わる。

「死ぬ気で走れ」

ティンラッドが低く言い、『新月』を抜き払った。仲間たちは無言でうなずく。

長い脚で走りだした船長にオウルとロハスも続いた。アベルも縛られたままでよたよたと走る。縄の端っこをオウルがしっかりと握っているからだ。

「来るぞ、気を付けろ」

いくらも進まぬうちにティンラッドの声がまた響く。何がと問い返す間もなく、無数の弾丸のようなものがあたりに降り注いだ。

「ひええ。なんか来た、なんか来た、なんか来たあ」

既におなじみになったロハスの悲鳴が響く。

「お助けくだされえ」

アベルの声も重なる。うるせえとオウルは思った。叫んでいるヒマがあるなら敵を見定める努力くらいしてもらいたい。

その間も攻撃がやむことはない。走りながら避ける彼らに向け、落ちてきたそれは軌道を変えた。とがった黒い嘴《くちばし》が心臓を狙って襲いかかってくる。オウルはとっさに月桂樹の杖を振り回した。運よくそれが当たって、敵は砂利道に引っくり返る。

「カラス……？」

オウルは呟いた。いや、カラスではない。カラスに似た魔物、凶暴で巨大な『鬼ガラス』である。空を見ると無数の鬼ガラスが空を旋回していた。

ティンラッドが黒い刀身で数羽《すうわ》の鬼ガラスを地面に叩き落とす。それにしても敵の数が多い。こういう時に、戦える人間がひとりきりというこのパーティの現状は本当に困る。完全に死活問題である。

「ロハス、アベル、生きてるか」

後ろを見ないままで問いかける。鬼ガラスの嘴は太く鋭い。心臓をえぐられたら即死だろう。

「生きておりますぞ。縄をほどいてくだされぇ」

アベルの元気な声がした。握っている縄の感触が軽いので予想はしていたが、縛られて両手が使えない状態で、どうやって雨あられのような魔物の攻撃を逃れているのか。恐るべし幸運値最大、恐るべしアベル。

「オレ、ダメ。死ぬかも……」

更に後ろからはロハスの息も絶え絶えな声が聞こえてくる。

「ロハス殿、諦めてはいけませんぞ。ほら、その棒をもっと振るのです。上から来ますぞ、あっ、今度は左から」

どういうわけだかアベルはロハスを励ましつつ実況をする余裕まであるらしい。オウルはものすごく理不尽に感じたが、アベルについてあれこれ考えても無駄なだけだということが早くも身にしみてわかり始めていたので深く詮索するのはやめておいた。

「ロハス、何か光り物はないか」

代わりに怒鳴った。

「なるべく小さくて数が多いものがいい。ばら撒《ま》け」

「光り物？」

ロハスの息切れした声がした。

「なんでもいい。金貨でも銀貨でも宝石でも。とにかく急げ」

と言うと、

「いやダメ。お金をばら撒いたりするくらいなら死んだ方がマシだ。宝石なんかもってのほか」

弱々しい声に、妙にきっぱりとした答えが返ってくる。こいつはこいつで毎度ブレねえなと思って、オウルはかなりイライラした。

「釘《くぎ》でも金屑《かなくず》でもいいよ。光を反射して輝くものだ、急げって」

後ろを向いてわめくと、かなり遅れて走っているロハスは情けない顔になった。

「でも、金屑だって商品になるのにぃ」

「命とどっちが大事だって、毎回言わねえと話が進まねえのかよ」

それでようやくロハスは懐に手を入れ『なんでも収納袋』を探り始めた。どうして危険に陥るたびにこんなやりとりをしなくてはならないのかと、非常に理不尽に感じた。

「くそう。オレの大事な、安値で仕入れた新品の釘一箱。売れば五十ニクルにはなるのに」

ロハスは取りだした木箱を名残惜しそうに見る。鬼ガラスがどんどん襲いかかってくるのを避けながら走っていて、息切れもしているのになぜそんな気力だけはあるのだろうか。つくづくこんな奴らとパーティを組んでいるのに嫌気がさして、オウルはわめいた。

「グズグズしてるんじゃねえよ。上に向かって思いっきり投げろ」

ロハスは名残惜しげに木箱を眺めてから、

「ええい、出血大特価だ。持ってけドロボー」

ヤケクソのように叫んで蓋が開いた木箱を放り投げた。それに向けてオウルは月桂樹の杖を振る。

「タルフカン」

最初の呪文が、木箱の中身を空中に撒き散らす。

「シャイヤン」

次の呪文で杖の先から閃光《せんこう》がほとばしった。落ちていくたくさんの釘が、それを受けてキラキラと煌《きらめ》いた。

鬼ガラスたちの動きが変わる。すべてではないが、多くの個体が輝きながら落ちていくものに注意を引かれる。

「よし、今のうちだ」

なおも襲いかかってくる数羽の魔物を叩き落としながら、ティンラッドが言った。

「君たち、走れ。門までもう少しだ」

言われるまでもない。ティンラッドに守られながら、三人は力の限り砂利道を走り抜けた。


石造りの砦の中に入り込むと、鬼ガラスの追撃もなくなった。落ち着いて見てみると、全員の体に嘴やかぎづめでえぐられた傷があった。いや訂正。アベルだけは無傷だった。意味不明だがもういい。ツッコんでいたら身が持たない。

「おい、回復……」

言いかけて、あのルーレットのことを思いだした。

「いや。ロハス、薬草をくれ」

「ウン。戦闘の後は回復だね」

ロハスも袋を探る。

「皆さん。回復でしたら私がお役に立ちますぞ。縄をほどいてくだされ」

とアベルが言ったが無視された。

薬草で傷の手当てをした後、砦の奥へ向かう。中は空っぽで、人の気配も魔物の息吹も感じられなかった。

「その魔術師とやらがどこにいるのか、しらみつぶしに探すしかないのかよ」

オウルがぼやく。

「何を言っている」

ティンラッドが振り返ってニヤリと笑った。

「相手の居所など決まっているだろう」

オウルは驚いた。ロハスもアベルも船長の顔を見る。

「君たち、本当に気づいていないのか」

ティンラッドは呆れたように言った。

「砦を預かる人間の考えることなど決まっている。奴らは高いところが好きなんだ。見晴らしが利く塔の上あたりだろう。他にない」

なるほどとオウルは思った。偏見のようだが一理ある。砦に近づく者をすぐに発見できる場所に人がいる可能性は高い。本人でなく部下かもしれないし、何かの仕掛けがしてあるだけかもしれないが、それでも魔術師に近づく手がかりにはなるだろう。

「しかしバルガスとかいったか。そいつはいったい何をしたいんだろうな」

塔を目指して歩きだしながらオウルは呟いた。ティンラッドは肩をすくめる。

「さあな。本人に聞いてみるしかないだろう」

「それはそうだけどよ」

聞いて簡単に答えてくれはしないだろう。

だが、魔術師が国境を封鎖しようとする理由がオウルにはどうしてもわからないのだ。そんなことをしてなんの得があるのだろう。自分の研究拠点を守ろうとするならわかる。魔術師は自分の研究に熱中するものだからだ。だがこの場所には渦巻く魔力も熱気も感じられない。あるのは廃墟《はいきょ》のような砦の建物だけだ。

シグレル村でバルガスのことを聞いた時から、ずっと不思議に思っていた。実際にこの場所に足を踏み入れて、違和感はますます強くなっている。魔物を操ると言うが、世界に魔物が現れた理由も未《いま》だに不明なのにどうやって操っているのだろうか。百歩譲って独自の研究の末にその方法を見《み》出《いだ》したのかもしれないが、それでどうして次にする行動が砦の占拠なのか。

この峠道は確かにソエル王国と西方をつなぐ主要な街道ではあるが、唯一無二の通路というわけではない。オウルは海路から、ロハスは砂漠越えで入国しているし、アベルに至ってはそこらの獣道をたどって麓の森に巣食っていた始末だ。結局、本気で入ろうと思えば道はいくらでもある。

行動に意味も統一性も感じられない。それが気持ちが悪い。狙いがわからない相手と敵対するのは得策とはいえない。それが魔術師ならなおさらだ。

「む？　今、何か聞こえませんでしたかな」

不意にアベルが言った。きょろきょろしている。

「いや別に」

ロハスが素っ気なく答える。オウルもまたかとうんざりした。だが直後に何かが違うと感じて、注意深くあたりを見直す。そしてアベルが後ろではなく前を見つめていることに気が付いた。

「オウル。アベルの縄を解け」

ティンラッドが低く言った。刀を『皓月』に持ち替えている。

「けどよ、船長」

「解きなさい」

ティンラッドは反論を認めなかった。

「魔物だ。近づいてくる」

オウルは舌打ちした。他人に言われて魔力の気配に気づくのは、魔術師として情けない限りだ。それでもティンラッドについてはまだ理解できる。研ぎ澄まされた戦士としてのカンが、敵に敏感に反応するのかもしれない。だが誰よりも早く気づくのが、なぜアベルなのか。出会ってからの短い時間でどれだけの疑問符を脳内に連ねてきたかと考えるとアホらしくなってくるが、それでもやはり納得がいかない。

「いやあ、自由とはよいものですなあ」

アベルは快活に言って手足を動かした。その横で三人はそれぞれの武器を構えて戦闘に備える。

オウルは決心していた。魔物が現れたら、アベルが逃げだすより先に魔術でこの場に足止めしてやる。

うなり声と乱れた足音が近づいてきた。次の瞬間、砦の廊下の角を曲がって大きな影が躍り出た。

「草原オオカミ?」

ロハスが呟く。

「違う」

ティンラッドが低く言った。牙をむきだし獰猛《どうもう》なうなり声を上げている魔物が三匹。オオカミに似ているが、ひと回り小柄でより人になじみ深い輪郭を持つ。

「犬……?」

オウルは目を疑った。魔物が世に現れて十年経つが、家畜が魔物化したという話はない。野生動物から変化したらしい魔物はそこらじゅうにいても、人の住む領域で暮らす生き物は昔のままだ。

それが何もかも変わってしまった世界のわずかな救いであったはずなのに、目の前にいるものは『魔犬』としか形容ができない。

驚いたあまりに誰もが動きを止めた。ひとりの例外を除いて。

「おや。これは何でしょう」

もちろんそれはアベルであった。彼は現れた魔物には頓着せず、壁から突き出た煉瓦《れんが》のでっぱりを凝視していた。

「気になりますな。こういういい加減な仕事には我慢がならないのですよ、私は根が几帳面《きちょうめん》ですのでね。ああ、なんだか動くようですよ。押し込んでみましょう。これで直るでしょうか」

止める間もなく、アベルはそれを躊躇いなく奥へと押し込んだ。


その瞬間、目の前が真っ暗になった。でっぱりが押し込まれるのと同時に、堅牢《けんろう》に見えた石壁の一部が彼らに向かってせりだしてきたのだ。それは四人を魔犬から隔て、あっという間に壁の裏側の空間に押し込んでしまった。

気が付けば彼らは暗闇の中におり、石壁の向こうから魔犬の吠え声や壁を引っかくがりがりという音が聞こえてくる。

「どうやら君が触ったのは仕掛けの起動装置だったようだな、アベル」

ティンラッドがあごをなでているのが薄闇の中でぼんやり見える。押し込まれる時にオウルはつまずいて転び、ロハスはアベルを巻き込んでしりもちをついた。そのせいでアベルは反対側の壁に思いきり額をぶつけていた。無事だったのは運動神経のいい元船乗りだけだ。

すりむいた膝をさすりながらオウルは、船長ののん気さに腹を立てた。ここは『余計なことをするんじゃない』とアベルを怒鳴りつけるところだと思う。

「ところでここは暗いな。どうなっているかわからん。オウル、灯《あか》りをつけられるか」

「へえへえ」

オウルはむっつりしながら、ルミナの呪文を唱えた。杖の先にやわらかな灯りがともる。彼らがいるのはどうやら狭い通路のようだった。幅は狭いが左右に長く続いているようだ。

「砦の隠し通路か」

オウルは呟いた。杖を上げて壁をよく調べてみる。周囲は石を積んだだけの粗い造りだが、目の前の部分だけは反対側と同じ煉瓦造りになっていた。おそらくそこが回転した部分だろう。杖の先で叩いてみるとわずかに音が軽かった。樫《かし》か何かの板の上に、煉瓦に見えるような偽装を施しているようだ。

「どんでん返しというヤツだな」

中心の柱を調べながらオウルは呟いた。アベルが煉瓦を押し込んだのはこの部分にあったのだろう。上の方には赤い顔料で紋様が描いてあった。特徴的な形に見覚えがあり、彼は眉根を寄せる。

「何ですかな、あれは」

無駄に目ざといアベルが傍《そば》に来て、一緒にそれを見上げる。

「むむ。見覚えがあるような、ないような。どことなく懐かしい模様ですな」

いい加減な口調にオウルはイラッとした。

「うるせえ。どうせまた適当を言っているんだろう、引っ込んでろよクサレ神官。お前のせいでこんなところに押し込まれたんだぞ。どうするんだよ」

毒づくと、

「まあまあ。おかげで戦闘しないで済んだんだから」

ロハスが取りなす。

「お前は戦わないで済めばなんでもいいんだろ」

むすっとして言い返すと、

「そうだよ。オレは平和主義者だからね」

商人は平然と答えた。魔王を倒そうというパーティに参加しておいて何が平和主義者だとオウルは言いたかったが、そもそも仲間を選ぶティンラッドの基準がめちゃくちゃなのだ。ツッコんでも仕方ないと諦めるべきところだろうか。

「まあ、今から出るわけにもいかんな」

ティンラッドが言った。

「ここから出たら絶好の標的だ。この出口は使えない」

こちらの気配がわかるのか、壁の向こう側に魔犬たちがどんどん集まっている様子だ。

「さっきオウルが奥を照らした時、上に行く階段らしきものが見えたな。そこを試してみよう」

歩きだしたティンラッドに全員が従う。他に途《みち》はないのだった。


階段を黙々と上がると、階下と同じような通路に出る。そこを左へ右へとうろうろしながら進む先を探した。仕掛け扉になっているらしき場所は他にもあり、オウルはいちいちそれを綿密に調べた。だがどこでも向こう側に魔犬の気配がした。彼らを追ってきているのか、それともどの階にもかなりの頭数がいるのだろうか。

また階段を発見し上へと向かう。何度かそれを繰り返し、かなりの距離を歩いたと思われるころ、突き当たりに隠し扉が現れた。他に取るべき道はない。来た道を引き返すだけになる。

「行くか?」

オウルは声を潜めて聞いた。ティンラッドがうなずく。

「もちろん」

今度は魔犬の気配もないようだった。

「じゃあ、俺が呪文でこの戸を開ける」

杖を構えてオウルが言った。

「そうしたら一斉に飛び込め」

「えー」

即座に異議が申し立てられた。

「オレとかなんの役にも立たないよ。ここはとりあえず船長に行ってもらって、オレたちは安全が確認できてから行くべきじゃないかなあ」

「うむ。私も援護要員ですから前線に立つべきではないですな」

ロハスの言葉にアベルも同調する。気勢が上がらないことこの上ない。しかもパーティの指導者を最前線に立たせて敵地に突入するというのは、作戦としてどうなのか。

「わかった、それで行こう」

ティンラッドはあっさりうなずいた。この人もこの人だとオウルは苦々しく思った。だがすぐに
『パーティにこんな奴らしかいないのは船長の自業自得だ』と気づいたので、

（本人がいいならもうそれでいいや）

と思い直した。

「じゃあ行くぞ」

気合を入れ直し、杖を掲げる。

「サタハ・ア・シムシム！」

呪文と共に仕掛け扉が勢いよく回転した。その隙間にまず『皓月』を構えたティンラッドが躍り込む。それからオウルに小突かれたロハスとアベルが続いた。オウル自身は殿《しんがり》を務める。

その場所には誰もいなかった。見たところ誰かの私室のようだ。寝台の毛布は無造作に脇に寄せられており、脱ぎ捨てられた上衣がそのままになっていた。

豪華なもの、部屋の主の好みを教えるようなものは何もない。まるで牢の中のようだ。必要なものはあるが、ただそれだけだ。

「ここが例の魔術師の部屋なのかな」

オウルは呟いた。魔術師の棲《す》み家《か》にしては研究記録らしきものが見当たらないが、壁際に山ほど詰まれた本はそれらしくもある。

「うーん。偉い人の部屋にしては狭いし質素だなあ」

ロハスが室内を無遠慮に見回しながら言う。

「せっかくだから床に絨毯《じゅうたん》を敷いて、窓の日除けももっといいものに変えてさあ。壁にはちょっとした絵とか壺《つぼ》を飾った方がいいね」

注文がやたらに細かい。きっと売りつける算段を考えているのだろうとオウルは思った。乗り込んできた敵地でどうして商売のことなど考えられるのか。度胸があるのだかないのだかわからない。

「ああ、そいつの部屋だろうな」

ティンラッドは刀を構えたまま言った。

「行こう」

「どこへ?」

オウルは目を丸くする。船長は笑った。

「気が付かないか。誘われているぞ。外から殺気が押し寄せてきている」

窓の横の引き戸に目をやる。そこから屋上に出られるようだった。

「呼ばれているなら行こう。望むところだ」

ティンラッドは大股に部屋を横切る。オウルは『ここで待ってる』などとたわごとを口走るロハスとアベルを無理やり引きずって後に続いた。


屋上は広かった。眼下には森が広がり、シグレル村の煮炊きの煙も遠く見える。

長身の男が鋸壁《のこぎりかべ》を背にして立っていた。年のころはティンラッドと同じか、もう少し上だろうか。

魔術師の身に着ける黒い衣を纏《まと》っている。骨組みはがっしりしていて、鋭さの目立つ顔立ちには疲れが感じられた。

「ようこそと言うべきかな。不法侵入者の諸君」

静かな声だった。

「不法も合法もないだろう。もとからここは無法の土地柄だと思うが」

ティンラッドはあっさりと返した。相手は嗤《わら》った。

「他人の住居に無断で踏み込んでおいてよく言う。それで君たちの目的は何かな」

「ああ。聞きたいことがあって来た」

船長の声も穏やかだ。

「私の名はティンラッド、船長だ。今はこの世のどこかにいるという魔王を探して倒すため旅をしている。君はバルガスという名の魔術師で相違ないか」

「いかにも、私はバルガスだ」

相手は少し眉を上げ、興味を引かれた様子でティンラッドを見た。

「魔王を倒すだと。本気か」

「本気だ」

ティンラッドはうなずいて、尋ねた。

「それで、君は魔王か」

短い沈黙の後、バルガスが哄笑《こうしょう》した。

「私が魔王なのかだと。すべての魔物を統《す》べると言われる存在かだと。は、これは傑作だ」

陸に上がった船乗りは表情を変えずに聞く。

「私の質問に答えてもらっていないのだが」

問いかけにバルガスは笑いを止め、先ほどと同じ静かな声音で言った。

「違う」

「そうか」

ティンラッドはうなずいた。

「残念だ。では魔王について知っていることがあれば教えてもらえないか」

「すまんが、力にはなれそうもないな」

長身の魔術師の顔に冷笑が浮かぶ。

「しかし君は魔物を操ってこの砦を占拠したそうじゃないか」

ティンラッドは追及をやめない。

「普通の人間にそんなことができるとは思わないな。君は魔物について何かを知っているのだろう。その知識が私たちには有用かもしれん。協力を願いたい」

「断る」

沈鬱な顔に嗤《あざけ》るような表情が浮かび、真っ黒な瞳がオウルに向けられる。

「お前は魔術師だな。ならばこの男に教えてやれ。魔術師というものは己の研究の成果を容易《たやす》く他人に教えることはしないとな」

オウルは気圧《けお》された。しかし黙っているのも癪《しゃく》に障るので、虚勢を張ってあごを上げた。

「悪いが、そういうわけにはいかないんだ」

声が震えたのが仲間たちにはわかったかもしれない。それでも精一杯に声を出す。

「あんた、うちの船長にマトモな会話が通じると思うなよ。通じるんだったら、こんな面子でここまで来ねえよ」

我ながら内容が情けないと思ったが、それくらいしか言えることがなかった。バルガスは太い眉を軽く上げ、ティンラッドに視線を戻した。

「さて、私の返答は以上だが。おとなしく帰ってくれないかね」

「ここが通れないことで村の人々は迷惑している様子だった」

ティンラッドは言う。

「ついでに、ここを昔のように通れるようにしてもらいたい」

「それもできぬな。私には私の理由があってここに住まっている」

バルガスは答えた。

「君の目的は魔王を倒すことなのだろう。ならば私がここで何をしていようと関係ないはずだが。このまま立ち去りたまえ」

「そうでもない」

ティンラッドは笑った。

「シグレル村の人には多少の恩もある。それに君と魔王にはつながりがあるかもしれない。だったら君の企てをくじくことは、私の目的にもつながる」

長身の魔術師は眉を寄せた。

「めちゃくちゃな理屈だな」

「そうかな」

ティンラッドは刀を構え直す。

「道を開けてもらえないのなら、力ずくで開けてもらう」

海賊の理屈だと聞いていたオウルは思った。やっぱりこのオッサン、海賊船の船長だったのじゃないだろうか。そう思わずにいられない。

バルガスも杖を取りだした。黒檀《こくたん》でできた大きくて重そうな杖だった。

「ひとつ聞かせてもらおう。何のため魔王を倒そうとする」

「決まっている」

ティンラッドは朗らかに言った。

「邪魔だからだ」

完全に海賊の理屈だ。オウルは頭痛がしそうだった。

バルガスが唇を歪め、杖を振り上げる。

「よし。お手並み拝見だ」

ティンラッドは嬉しそうに笑うと前に飛びだした。その後ろで、オウルも月桂樹の杖を構える。

魔術師の戦いは速さが勝負だ。敵より一瞬でも速く論理を組み上げ呪文を唱える。遅れは致命的な不利を生みかねない。敵の先《せん》を取る、すべてはそこにかかっている。焦る気持ちを抑え術構成と準備動作を終え、彼は叫ぶ。

「ストランデッド」

それは足止めの呪文だった。標的はアベルである。

「おお、これはどうしたことか。足が動きませんぞ」

とっとと逃げだそうとしていた神官が驚愕《きょうがく》の声を上げる。

「ちょっとちょっと。ここは防御魔法じゃないの？」

ロハスも抗議する。

「悪い、今からやる」

オウルは杖を構え直したが、二つ目の呪文を待ってくれるほど敵は甘くない。城壁を揺るがすようなバルガスの声が轟《とどろ》く。

「ガル・スム」

黒檀の杖が光った。炎の弾丸が雨あられと旅人たちに降り注ぐ。

「ひえええええ！　ひどいよ、順番が違う。防御が先でしょ」

逃げ惑いながらロハスが叫ぶが、オウルはかたくなに首を横に振った。

「これでいいんだよ。こうしなきゃ、そのクサレ神官は逃げだしちまうじゃねえか」

「いや、絶対に順番違うからね。オウル、何かを見失ってるよ」

ロハスの文句を気にせずオウルは杖をふるい、ようやく全員に防御呪文をかけた。


仲間たちの騒ぎには構わず、炎の中をまっすぐにティンラッドは走って敵の間合いに飛び込んだ。白い軌跡を描いた『皓月』の刃がカシンと金属音を立てて止まる。バルガスが腰の剣を抜き払っていた。ティンラッドは獰猛に笑う。

「使えるな、魔術師」

「田舎者なものでな」

バルガスもニヤリとする。

「なんでもできねば生きていけんのだよ」

二人は刃を交えたまましばらく睨みあった。

「船長、動くな」

オウルが後方から叫ぶ。月桂樹の杖を構え、攻撃力を増加する呪文を唱える。

その効果が現れる前にバルガスは剣をひねり、刃をずらして大きく後ずさった。そのまま、もう片方の手で黒檀の杖を構える。

「バラムィ・カルナル」

烈風が吹きだした。ティンラッドは左手を上げて目をかばう。その手や頬を風の刃が傷つける。

後方でも風の猛威は吹き荒れていた。

「痛い！　ちょっとオウル。防御魔法、効いてないよ」

ヒノキの棒を振り回してもどうにもならない攻撃に、たちまちロハスが音を上げた。

「効いてないわけじゃない」

オウルは反論した。

「向こうの術が強いんで力負けしてるだけだ」

「冷静に言われても困るんだけど」

ロハスは文句をつける口調になる。

「とにかくなんとかしてよ。同じ魔術師として情けないでしょうが」

そこまで言われる筋合いはないと思ったが、確かにやられっ放しでは面白くない。

「とりあえず防御を重ね掛けするぞ」

月桂樹の杖を振り回す。防御を多少手厚くしたところで効果があるかは疑問だが、それについては口に出さないことにした。術を重ねながら、観相鏡を使って相手のステイタスを確認する。

バルガス
しょくぎょう：やみのまじゅつし
レベル二十九

つよさ：二百二十
すばやさ：百八十
まりょく：七百五十
たいりょく：二百五十
うんのよさ：四十八

　オウルはギョッとした。攻撃関係の数値がかなり高い。だがそれよりも魔力値が異常だ。人間のステイタスは五百が最高値だと、アベルが証明したはずである。しかし見えている数字はそれを軽く超えていた。

「どういうことだよ」

　オウルは呟いた。あり得ないことならば、そこにはからくりがあるはずだ。だが解き明かすための手がかりがなかった。

「ひいい。まだ痛いよお」

「痛いですぞお」

　ロハスとアベルが悲鳴を上げている。うるさい。

「大勢に影響ないだろ。我慢しろ」

　冷たく言い捨てるが、

「オウルー。なんとかしてよ、痛いよ」

「痛いですぞお」

　連呼される。マジうるせえとオウルは思い、ぞんざいに言い返す。

「クサレ神官に回復してもらえばいいだろう」

途端にロハスが真顔になる。

「ヤダ。絶対にヤダ」

「じゃあ自分で薬草使って回復しとけ」

「ダメ」

きっぱりした答えが返ってくる。

「この調子じゃどうせ、また攻撃されてケガするじゃない。そのたびに薬草を使うんじゃ効率が悪すぎる。終わった後にまとめて回復した方が無駄がない」

ロハスの性格からして想定内の返答ではある。

「だったら黙ってろ」

とオウルは言った。今は忙しいのだ。状況を少しでも好転させる方法を必死で考えている。

ティンラッドは風から顔をかばいながら、じりじりと距離を詰めている。バルガスはそれを魔術で牽制《けんせい》する。膠着《こうちゃく》状態に陥っているが、問題になるのは敵の異常な魔力値だ。

対人戦闘において彼の魔力はほぼ無尽蔵と評価していい。魔術戦になれば自分の負けだとオウルは認めざるを得なかった。魔力を使ったティンラッドの奥義も一度か二度が限界だろうし、他の二人は話にならない。魔術の領域に限って言えば、この戦闘はバルガスが圧倒的に優位だ。

だが物理攻撃なら分があるのではないか。ティンラッドとの直接戦闘を避けようとするかのような敵の様子にオウルは勝機を見出した。ならば船長が蒙《こうむ》る傷を少しでも軽くする。

「ロハス。水を持ってたな」

オウルは言った。自分たちが使うため、そして商品とするために、ロハスはかなりの量の水を『なんでも収納袋』に突っ込んでいるはずだ。

「撒け。ありったけだ」

「えー」

いつものごとくロハスは文句を並べ立てようとするが、

「すぐだ。急げ、少しでもケガを減らしたいんならな」

面倒くさいので言われる前に言い返しておく。状況を察したのか、ロハスは渋々と水の入った瓶を何本か袋から引っ張りだした。

「アベル、手伝ってよ。この蓋を開けて中身を下にこぼして。瓶は返してね、また使うから」

「わかりました。このアベル、お役に立って見せましょうぞ」

なんだかのんびりしている。オウルはイラッとしたが、言いあっている場合ではないので放っておくことにした。

水をこぼす音が響き、足元が少しずつ濡れていく。その中で彼はもう一度杖を構える。

「ペルハタナン・ケバカラン」

防具強化術だ。仲間の着けている衣服や防具の防燃性を上げた。大きな焚火《たきび》などをする時に有用な呪文である。これで炎系の術に対して少しは対抗できる。オウルの魔力が続く間の話だが。

「次は樽《たる》だぞ。しっかり持ってねアベル、ひびを入れたりしないように。樽は高いんだから」

後ろで声がして、ひときわ大きな水音が響いた。重点をおくところが違うとオウルは思ったが、面倒くさいからツッコまない。やるべきことだけやってくれればいい。

「あと三つ。よいしょお」

掛け声が上がるたびに屋上は水浸しになっていく。その間にオウルは次の術に入る準備をする。

「あと二つ」

いつも戦闘の時にかける術は、比較的大雑把でよかった。効果は強ければ強いほどよいのだから、微妙な調整など必要としない。それはある意味で楽だった。ただできる限りの魔力を放出すればいいのだから。しかし今回に限ってそうはいかない。

足元の水を見る。資源は限られている。ロハスとアベルが撒いている水が唯一の武器だ。なくなったら最後なのだから、失敗は許されない。

ティンラッドがバルガスに向かって切り込み、二人は再び刃を交わしている。その間に、オウルは頭の中で術式を組み立てる。細部まで調整を続ける。

「これで最後。よいっしょっ」

掛け声とともに足元の水がまた少し量を増した。屋上のかなりの部分が、歩くとぴちゃぴちゃと音を立てるようになった。おあつらえ向きだとオウルは思った。杖を掲げて叫ぶ。

「ローシェイ・ヨディアル」

ティンラッドは走っていた。足を踏みだすたびに水が跳ねてふくらはぎを濡らした。

彼の接近を阻もうと敵が炎を撃ちだしてくる。すべてを避けきることはできず、腹に熱さと衝撃を感じた。だがそれだけだ。炎の弾丸は革の胴着を焦がすことも、中の皮膚や肉をただれさせることもなかった。先ほどオウルが何かしていたから、その効果だろう。

彼の仲間は攻撃呪文こそ使えないが、なかなかよくやってくれる。そう思い、ティンラッドはニヤリと笑う。

呪文に効果がなかったのを見定めると、敵は斬撃を予期して回避した。その判断は素早く、動きも理に適《かな》っている。村の神官はこの魔術師のことを手の付けられない不良少年だったように話していたが、彼の剣術は正式な師にきちんと教わったものだ。そして長年の間、体にしみ込ませるように鍛え続けてきた男のものだ。

ティンラッドの刀が奔《はし》る。バルガスの剣がそれを受け止める。刃と刃の間に火花が散り、また離れる。

(ああ、いいな)

そうティンラッドは思う。血がたぎる。これでこそ生きている甲斐があるというものだ。

相手は間を取ろうとするが、こちらは許さない。距離が開けば魔術で攻撃される。そうなると不利だ。刀で戦っている分には互角、いや多少こちらに分があるだろう。相手は魔術で防護を固めているようだが、自分にもオウルの術による力と速度の上乗せがある。

簡単ではないかもしれない。けれど勝てる見込みはある。

踏み込むと、また足元で水が跳ねた。これは何をするつもりなのだろうと意識の隅で考える。毎度毎度、わからない。だからびっくり箱みたいで面白い。仲間にするなら、そのくらいでなくてはつまらない。

「暑いな」

ティンラッドは呟いた。風の通るはずの屋上は、いつの間にかひどく蒸していた。気温が変わったわけではないのに体が汗ばむ。

バルガスが不快そうに舌打ちをした。

「やられたな。一緒に連れてきた奴らはただの道化かと油断していれば」

黒い目が射貫くようにティンラッドを睨みつける。

「私の魔術属性が炎と風だと見抜いたか。この環境ではどちらの効果も落ちる。一時しのぎだが、なかなかやるな。魔力の制御も見事だ。小物魔術師と侮った」

ふむと首をかしげてティンラッドは相手の言葉を咀嚼《そしゃく》した。たとえば、身を刻むほどに鋭い風は陸上でしか吹かない。乾いた空気、おそらくそれが風の術の切れ味の秘密だ。

水を撒くことで威力を緩和したのかと思う。だが、それだけでは足らないだろう。

洞窟で、オウルが一瞬で湯を沸かしていたことを思いだした。この蒸し暑さはそれか。撒いた水を加熱して蒸気を発生させている。

「ふふん」

ティンラッドは笑った。この程度の水では炎の弾丸を消すことはできないだろう。だが風の攻撃と同じく威力を減衰することは可能なはずだ。そして防炎の術も施されている。

「面白いだろう、私の仲間は」

誇るように言った。バルガスは嗤った。

「別に面白くはないな。だが認識を改めよう、無能扱いして失礼した。だが多数を相手にするのなら、こちらにもそれなりの戦い方がある」

そう言って魔術師であり剣士でもある男は、黒檀の杖を素早く後方の三人に向けた。その喉から低い恫喝《どうかつ》するような声が発せられる。

「エンフ・ザンバラーギィ！」

呪文も術構成も自分の知っているものとは違っていたが、相手の目的はオウルにもわかった。

「意識混乱呪文だ、落ち着け」

ロハスとアベルに向かって叫ぶ。

「自分をしっかり持っていれば意識を保てる。何か大切なことを頭に浮かべろ。集中するんだ」

オウル自身もそれを実行する。かつて研究していた様々な事象、物事に働きかける魔術の論理、術構成。それらを詳細に思い浮かべ改めて考察する。

波が来た。頭の中に手を突っ込まれ、かき回されるような感覚。それに耐える。歯をくいしばる。魔術理論に意識を集中する。

「銅貨が百枚で一シル。銀貨が百枚で一ゴル。金貨が百枚あったら百ゴル」

近くでロハスがブツブツ言っているのが聞こえた。よりによってそれかと文句を言いたくなったが、この状態で気をそらすことは敵の術に囚《とら》われる危険を増すだけだ。無理やり聴覚を遮断し、魔術理論に意識を戻そうとする。だが代わってアベルの、

「神の力は広大にして普遍なり。この世を創りし神は世界と同義なり。神の力を行使する神官は」

と教義を暗唱している声が耳に入ってしまった。ロハスよりはマシかもしれないが、やはりうるさい。集中できない。

こいつら黙っていられないのか。魔術師の自分が敵の混乱呪文にやられたら立つ瀬がない。どうしてくれるんだと怒りが沸々とわき上がる。

だがそんなことを考えているうちに、身を包む呪力が弱まっていった。どうやら仲間に対する怒りに集中していたおかげで、呪文をやり過ごすことができたらしい。

「おい。お前ら、もう大丈夫だ」

二人に声をかける。ロハスが顔を上げた。

「銅貨が九千九百九十九枚……って大丈夫なの。本当に？」

「とりあえずはな」

どうして頭の中で金を数えているだけで手練《てだ》れの魔術師の呪文を耐えきることができるのか。理解できないし理解したくもないが、とりあえず仲間が正気なのはよいことである。なのでツッコまない。

「アベルも平気か」

まだブツブツ言っているアベルに声をかける。

「大丈夫……ですぞ」

神官はぎごちなく答えた。

「私は神に仕える三等神官。魔術師などの呪文に惑わされることはないのです……」

踏みだした足がぐらついた。オウルは嫌な予感がした。

目の焦点が合っていない。彼はオウルたちのずっと先、どこか遠くを見ている。口許は緩く開き、どこかぼんやりとした印象を受けた。

「アベル？」

もう一度、名前を呼んだ。それが聞こえないかのようにアベルはブツブツと、教義を暗唱していたのと同じ平坦な調子で呟き続ける。

「私は……お役に立たなければ。そう、私の神言で……私は神に仕える三等神官……」

「ちょっとオウル」

ものすごく嫌そうな顔で、ロハスが声をかけた。

「アベルの様子、おかしくない。どう見てもおかしいよね。これって」

「言うな」

オウルはすかさず言った。

「聞きたくない」

「見ないふりしても意味ないでしょうよ。これ、かかってるでしょ。敵の術に」

言いやがった。オウルは苦い顔になる。できればそんなことには気づかないでいたかったのに。

だってアベルはもともとおかしいではないか。ちょっとくらいそのおかしさが増したところでなんということはない。ないはずだが。……気づいてしまったものは仕方がない。

「なんで、よりによってこいつだけ術にかかるんだよっ」

気づかないふりをして誤魔化そうとしていた事実に直面させられ、全力のツッコミがオウルの喉から飛びだした。

「最高の幸運値はどうなった。そして仮にも神官が教義を唱えてたのに、敵の魔術師に混乱させられるってどういうことなんだ。こいつにとっての神は、ロハスの小銭以下の存在かよっ」

その叫びに応えてくれる存在は、どこにもいないのであった。

「私は……お役に立ちますぞお」

アベルは右手を挙げた。その手に光が集まっていく。

「待て、落ち着けアベル。お前は敵に惑わされているんだ」

「アベル、しっかり。自分を取り戻して」

オウルとロハスは必死で呼びかける。だがアベルの目の焦点は合わない。

「今こそ私の力をもって皆様のお役に立ちましょうぞ。奥義神言……ポンゴルン！」

アベルの全身が光に包まれた。その背後でルーレットが回りだす。こんな時まで出なくてもいいのにと、オウルとロハスは心から思った。

円盤は止まり、『三』のマス目が輝く。

「あーっ、よりによって『三』だよ」

ロハスがガッカリしたように言った。

ルーレットにより三倍に増幅されたアベルの魔力が、バルガスに向けてまっすぐに奔る。

「ふん。魔力回復神言か」

光に包まれたバルガスは満足そうに言う。

「礼を言おう、神官。おかげで私の魔力が回復したようだ」

「ああ。そういや神官の魔術って回復系なんだっけね」

ぼんやりと呟くロハス。オウルはうなずく。

「攻撃してくるわけじゃないのはありがたいが」

眉根を寄せる。アベルの魔力はすぐに尽きるだろうし、一回の回復量もたかが知れている。しかしただでさえ圧倒的なバルガスの魔力を更に回復させられてしまうのではたまらない。

呪文を使ってまでアベルを足止めしたことが裏目に出た。オウルは臍《ほぞ》を噛む思いだった。

自分が間違っていた。この男を止めようなどと考えるべきではなかった。

やはりアベルは、森に住まう忌まわしき妖怪なのだ。

「ロハス、手を貸せ」

オウルは低く言った。

「え。なんだよ」

「アベルを止める」

「どうやって」

「腕ずくでだよ」

改めて言うが、オウルは攻撃呪文の類は使えないのである。であれば腕力を行使するしかないではないか。

「俺が後ろからあいつを羽交い締めにする。お前、殴れ」

「うっわー、原始的」

「とにかくやれ」

「いいけど、オレ弱いよ」

「そこは気合で倒せ」

「無茶言うなあ」

泥縄式ではあるが、他に策も思いつかない。

「じゃあ行くぞ。俺が止めたら、すかさず殴り倒せよ」

「努力はしてみる」

気が進まなさそうにうなずくロハスは、それでも手にヒノキの棒をしっかりと握りしめていた。意外にやる気なのかもしれない。


この時点ではオウルもロハスも、互いに牽制しあい刃を交えるティンラッドとバルガスさえ、真の恐怖に気づいていなかった。神官アベル、彼の持つ底知れぬ可能性の恐ろしさを。


オウルは、ぼんやりと立っている神官の後ろにじりじりと近づいた。つかみかかろうとした時、いきなりアベルが吠えた。

「神の力ですべてを薙ぎ倒すのだ。凡庸な一般人どもは我が足元にひれ伏せ。神殿の力の前にひざまずくがよい。我が最終奥義……最終神言がすべての悪を倒すのだあっ」

両手に再び光が宿る。

「うわあ。何か言ってるよ」

ロハスが呆れた口調で言った。

「もうさあ。アベルが魔王ってことでよくない？」

そうしたい。心の底からそうしたい。オウルも思ったが、今はそれどころではない。敵をこれ以上回復させてしまう前に止めなくては。

舌打ちして、オウルは神官に飛びかかった。だが混乱している相手は、予想外の強さを発揮して力任せに腕を振り回す。小柄な魔術師は簡単に吹き飛ばされ、水たまりに倒れ込んだ。

「私の前に立ちはだかるか、悪魔よ。しかし無駄だ。私は神に仕える三等神官」

アベルが叫ぶ。その背後に巨大なルーレットが出現する。もうそれはいいよとオウルもロハスも思った。

「神言・ポンゴルン！」

ルーレットが回り始めた。更に敵の魔力を回復してどうする気だと思ったオウルはとんでもないことに気づいた。盤上の数字が変化している。『ゼロ』が二つ。『一』が二つ。『マイナス一』が二つ。ここまではいい。残る数字が問題だ。『三』、『九』、『マイナス三』、『マイナス九』。先日ティンラッドに術をかけた時より、ずっと大きい数字が並んでいる。

「ちょ。何、これ」

ロハスも気づいて口をぽかんと開けた。

「オウル。これ、ヤバいんじゃない」

確認されなくてもヤバい。今までの戦闘でバルガスがどれだけの魔力を使ったのかはわからないが、もし『九』が出ようものなら間違いなく全回復してしまうだろう。

「はあああ〜〜っ。神の力よ、今こそ我が手に宿れ」

アベルの全身を光が包む。ルーレットが止まり、数字が輝いた。『マイナス九』のマスだった。

「へ」

ロハスが気の抜けた声を出した。

「マイナス九？」

オウルも思わず口を開けてしまう。アベルが『絶対に出ない』と言いきったマイナスの数字。それが頭上で煌々《こうこう》と輝いている。

「マイナスは出ないって、アベルは言ってたよね」

「ああ。言ってた」

ロハスの言葉にオウルはぼんやりと答える。

「出ちゃったね」

「ああ。出たな」

「どうなるんだろ」

「さあ。知らねえ」

次の瞬間、光が虚空を横切りバルガスに命中した。バルガスはうっとうめいて胸を押さえ、片膝をつく。一瞬で相当の魔力が奪われたのに違いない。

「おっと、失敗しましたな」

アベルはあっさりと言った。

「しかし、ご心配なく。すぐに取り戻して見せますぞ。神言・ポンゴルン！」

アベルの体に光が宿る。そして空中にルーレットが出現する。今度の数字は『ゼロ』が二つ、『一』と『マイナス一』がひとつずつ。そして残りは『三』、『マイナス三』、『九』、『マイナス九』、『八十一』、『マイナス八十一』というとんでもないことになっていた。

「これ、まさか前に出た数字を二乗していくのか」

オウルは愕然《がくぜん》とした。だとしたらこのルーレットは彼らが考えていた以上に危険な代物である。

というか、なぜアベルは自分の能力についてあんなに無頓着なのか神経を疑ってしまう。

「アベルだからねぇ」

まるでオウルの心を読んでいるかのようにロハスが呟いた。思いは同じだったらしい。だからと言って嬉しくはなかったが。

「うおおおお～～っ」

アベルがまた奇声を上げる。光が強くなり、ルーレットの回転が止まった。マス目に記された数字は『マイナス八十一』だった。

「あ」

オウルとロハスの口から同時にそんな音が洩れた。

これはダメだ。瞬時にそう思った。アベルがあの呪文、いや神言でどの程度の魔力を回復できるのかはわからない。だが最低でも十やそこらは回復するはずだ。それをマイナス方向に八十一倍。

いくらバルガスが人間を凌駕《りょうが》した魔力を持っていても、これはいけない。完全に魔力を奪われる。

バルガスも自分に降りかかってきた危険を理解していた。

この時、彼はティンラッドに対する防御を捨てた。黒檀の杖だけを構え、魔法防御を構築する呪文の詠唱に専念した。

だがアベルの方が早かった。

神官の放った金色の光は、闇の魔術師が編み上げようとしている防御壁からも魔力を吸い上げ、それを破壊する。そしてバルガス自身をも呑み込んだ。魔術師の喉から叫び声が上がった。

光が収まった時、全員が目にしたものは、屋上に這《は》いつくばったバルガスの姿だった。魔力の気配は失われていた。

恐るべし『ビックリドッキリルーレット』。恐るべしアベル。彼らは今、『回復呪文が敵を倒す』というあり得べからざる事態を見届けた生き証人となったのである。

「む？　私はいったい何を」

バルガスが魔力を失ったために混乱呪文の効果も切れたらしく、正気に戻ったアベルがきょとんとしてあたりを見回す。まあ、それはどうでもいいや。とオウルもロハスも思った。

「すごいもんを見ちゃったね」

「ああ」

ロハスの言葉にオウルはうなずいた。

「オレ、ちょっとあの人がかわいそうになってきたんだけど」

ロハスの目はひざまずいたまま動かないバルガスを見ている。正直オウルもそう思ったが、世の中には口にしない方がいい優しさというものもあるのである。

魔術戦なら圧倒的に優位だった。なのに成功したはずの混乱呪文がこんな結果を導きだすとは。

幸運値最高、侮りがたし。

「アベル……恐ろしい男だ」

呟くロハス。

「違う」

オウルは苦々しく言った。

「こういうのは『味方にしたらいけない奴』と言うんだ」

魔力を根こそぎ奪われた衝撃からいくらか回復したのか、バルガスが肩で息をしながらよろよろと起き上がろうとする。その前に長身の影が立った。

「どうやら、君にとって不本意な結果になったようだな。どうする、続けるか」

ティンラッドは静かに尋ねた。バルガスはやつれた顔で、かすかに微笑《わら》った。

「ここで引くわけにもいくまい。それができるなら初めから……」

「こんなところにはいない、か」

ティンラッドの問いかけには答えず、闇の魔術師は杖を捨て剣を手に取った。

「来い、戦士。剣で決着をつけよう」

「そうか」

ティンラッドは無造作に『皓月』を構える。

「こちらに異存はない。だが君、ひとつだけ間違っているぞ」

精悍《せいかん》な顔に笑みを浮かべる。

「私は船長だ」

「船もないのに船長か」

バルガスは嗤い、斬りかかった。

「もうひとつ間違えたな」

ティンラッドは笑いながら言った。

「船はいつでも私を待っている。私が魔王を倒して港に戻る時をな」

二人の持つ刃が交錯する。金属音を立て火花を散らし、何度も何度もぶつかりあう。

「オウル殿。加勢しなくてもいいのですかな」

アベルが聞いた。

オウルは『引っ込んでろ』と思ったが、

「黙って見てろ。必要ねえよ」

とだけ言った。バルガスの剣技は確かだが、魔力を奪われたことで体力にも影響が出ていた。がっしりした体がティンラッドの打ち込みを受けると揺らいだ。

加えてティンラッドの攻撃はすべて『会心の一撃』となる。魔術による防護を失ったバルガスがそれを受け止め続けていられるのは、その驚異的な集中力と身に付けた剣術の賜物だろう。

だが長くは続かない。何合目かの打ちあいでバルガスの剣が限界を迎えた。衝撃を受け止めきれず、残響を残して根元から折れた。

魔術師はすかさず剣をなげうった。捨て身で殴りかかろうとする。

「そこまでだ」

長い脚が一閃《いっせん》した。ティンラッドの蹴りが、バルガスの脇腹に命中した。闇の魔術師はゆっくりと倒れ込んだ。水しぶきが飛ぶ。

ティンラッドは近寄って、その顔に刀を突き付けた。

「何か言うことはあるか」

バルガスは嗤った。

ティンラッドは無感動に言った。白い切っ先が眉間に突き刺さる。赤い血が流れた。

「そうか」

「殺せ」

少しして、バルガスは不審そうにティンラッドを見上げた。刃は彼の額に少しくい込んだだけで止まっている。

「どうした。それでは私を殺すことはできんぞ。まさか怖気《おじけ》づいたか」

「いや。君を殺しに来たわけではないことを思いだした」

ティンラッドは言った。

「私は、ただ魔王についての情報を求めたかっただけだ。君は何かを知っているらしいが、ここまでしても口を割らないのでは何をしたってダメだろう」

そして彼はあっさりと『皓月』を鞘に納めた。

「そこでだが君。今、死んだと思って私と一緒に来なさい。君はなかなか面白そうだ」

バルガスは水たまりに座り込んだまま、意味不明なものを見る目で前に立つ男を見上げた。

そして離れたところでは、

「うわあ」

「やったよ」

オウルとロハスがため息をついていた。

「それってアリなの。だって闇の魔術師だよ」

「知るか。船長的にはアリなんだろ。あのオッサンにかかったらなんだってアリなんだからな」

オウルの視線は傍に立つアベルの方に向かう。

「私は感心しませんなあ。魔に与《くみ》した者を傍におくとは。きっと裏切ったり、我々に害をなすことをいたしますぞ」

しきりに首を振ってこぼしている。

本来なら、これは全力で反対すべき事態だ。しかしここにアベルが仲間面して立っているのに比べれば、むしろマトモな人選に思えてしまうのはなぜだろうとオウルは思った。

「戯《ざ》れ言《ごと》を」

バルガスは吐き捨てる。

「私は冗談は嫌いだ」

ティンラッドは言った。

「来たまえ」

既に命令形である。

バルガスは乾いた嗤いを浮かべて横を向いた。

「殺せと言ったはずだ」

「いや、殺さない」

ティンラッドはなおも言う。

「いいか。これが私が勝者として君に命じることだ。私の仲間になって一緒に魔王を倒しに来なさい。断っても無理やり連れていくぞ」

脅迫になった。

バルガスは黙ったままティンラッドの顔を見上げ、それから肩をすくめて問いかけた。

「ひどいものだ。この男はいつもこうなのか」

「ああ」

目が合ったオウルは、こちらに聞かれていると察してそう答えた。

「いつもこうだよ。残念だが、こうなったら誰にも止められないぜ」

ロハスが横でうんうんとうなずいている。バルガスはしばらくその様子を眺め、嘆息した。

「私にも私の事情がある。無理やり仲間にしても知っていることをしゃべりはしないぞ」

「別に構わない」

ティンラッドはあっさり言った。

「それでいい」

バルガスはますます奇妙な顔をする。

「裏切るかもしれんぞ」

「そうか。好きにすればいい」

「そんな話があるか」

信じられないと言うようにバルガスは首を横に振り、後ろに立つ三人に目を向けた。

「君たちには異論はないのかね。彼は無茶を言っているとは思わないのか」

「だから言ってるだろう。このオッサンに言葉は通じないんだ。決めたらそれでおしまいなんだよ」

オウルは言った。

「うんうん。拒否権があるなら、オレもしっぽ巻いて逃げてる」

うなずくロハス。

「お二人ともご冗談を。私は船長殿に心服しておりますぞ。船長殿の決定ならば、何によらず従いますとも」

すかさずゴマをするアベル。

ティンラッドは笑った。

「聞いてのとおりだ。みんな異存はないようだが」

「正気か」

バルガスは呟いた。

「今、敵として戦った私を信じると?」

あり得ないものを見た人の表情だった。


しばらく沈黙した後、バルガスは笑った。それは苦さを含んでいたが、先ほどまでの嘲笑めいたものとは違っていた。

「いいだろう」

彼は静かに言った。

「君たちの正気は疑うが、他に選択肢がないとなれば仕方がないな。誓いを込めた剣も折られた。敗者として勝者の意図に従おう」

「そうか」

ティンラッドはうなずいた。

「了承してくれて何よりだ」

「私は君たちの仲間として剣を取り、君たちの敵に対して杖をふるおう」

バルガスは言った。

「だがそれは、今この瞬間からだ。これより前のことについては、何を聞かれても答えない。それが条件だ。君たちが魔王について探る邪魔はせん。力が貸せるなら貸しもしよう。だが私が知っていることについては、君たちが自力でたどり着くまで教えることは一切しない。それでいいか」

「ああ」

ティンラッドは言った。

「それでは、これで話は終わったようだな」

バルガスはびっしょりと濡れた服をかき集めながら立ち上がった。

「着替えをさせてもらえるかな。……君たちにもそれが必要か」

黒い瞳が諧謔《かいぎゃく》を込めて、四人を眺める。

「今度は賓客として我が棲み家にお招きしよう。何もないところだが、くつろいでくれたまえ」

アベルの使命

武器を構えて乗り込んだ敵地で、歓待されることになるとはおかしな成り行きである。オウルは多少なりとも居心地の悪さを感じたが、他の面々は根が図々《ずうずう》しいので、あまり気にしていない様子だ。

やっぱりこいつらとは合わない。改めてそう思うオウルであった。

「うっわー。カチカチのパンと干し肉と林檎《りんご》しかないよ」

勝手に台所を漁《あさ》っている奴はいるし。

「この寝台を借りてもいいか。ちょっと眠くなった」

と言って寝そべろうとしている奴はいるし。

「おや、この紐《ひも》は何ですかな。ちょっと引っ張ってみてもいいですか。うわあっ？」

勝手なことをして床に仕掛けてあった落とし穴に落ちる奴はいるし。

「それはもともとこの砦にあった仕掛けだ」

バルガスは表情ひとつ動かさずに、穴の傍に立って中をのぞき込んだ。

「何代か前の主が仕掛け好きだったようで、この手のものが山ほどある。使い道があろうかと思ってそのままにしておいたのだが」

「おいおい。中はどうなってるんだよ」

オウルが泡をくって尋ねると、バルガスは人の悪い笑みを浮かべる。

「砦の基礎部分まで突き抜けている。落ちたら即死だろう」

「落ち着いている場合じゃねえだろ」

思いきりツッコんでしまった。いくら使えない仲間とはいえ、こんな死に方をされては寝覚めが悪い。

バルガスは黙って穴の縁に身をかがめ、腕を中へ差し入れた。半べそをかいたアベルが穴から引き上げられた。

「この男、運はいいようだな。神官服の裾が仕掛けに引っかかって一命を取り留めたようだ」

それだけ言うと、興味を失ったように背中を向けてしまう。

「死ぬかと思いましたぞお……」

運だけが取り柄の男が床に両手をついて肩で息をする。

「余計なことするからだ。ちょっとはおとなしくしてられねえのか」

オウルはむっつりと言った。いっぽうその騒ぎとは無関係に、

「仕方ないなあ。今夜はオレが食材を提供しますか」

他人の家で食べ物を物色していたロハスが言った。

「バルガスさーん。野菜も食べなきゃダメですよ」

もう馴《な》れ馴《な》れしく口をきいている。

「すまんね。食べ物にはこだわらない方でな」

バルガスは肩をすくめた。ロハスは聞いていない。夕飯の献立を考えることに集中している。

「干し肉を少し戻して、パンと一緒に牛の乳で煮て。あとは、野菜とキノコを林檎と一緒に焼くかあ」

食材を提供すると言った割には、バルガスの食糧も使いきる気満々らしい。

「彼は料理ができるのかね」

バルガスがあまり興味もなさそうにオウルに聞いてくる。なんでも自分に聞くのはやめてほしいと思ったが、

「一応な」

仕方なく答えた。

「ただし、やれるってだけの話だ。あいつの作る料理はくそマズい」

「あー。ひどい言い方だなあ。オウルだって似たようなものじゃんよ」

ロハスはムッとして言い返す。

「この前、魔術で作ったパン。あれはひどかったよ。小麦の無駄だから二度とやらないでね」

それを聞いたバルガスは軽蔑したような視線をオウルに向ける。

「ほう。魔術でパンをね」

非常に気に障る言い方だったので、オウルはキレた。

「うるっせえな。あの術はまだ調整中なんだよ。お前らが食い物がないって騒ぐから、試しにやってみただけじゃねえか。頼まれたって二度とやらねえよ」

「まあまあオウル殿。本当のことを言われたからといって怒るのは大人げないですぞ」

アベルが絶妙に言わなくていいことを口にしたので、オウルの怒りは頂点に達した。

「黙ってろ、このクサレ神官。面倒ばっかり起こすくせに、偉そうな口をたたくんじゃねえ」

「八つ当たりですなあ」

冷静に言われて、オウルは更にみっともなくわめき散らすことになった。

料理はやはり大してうまくはなかった。黙って固いパンをかじるよりは温かい分マシという程度である。焼いた林檎だけは甘みが出て、ごちそうになった。

「それにしてもさあ。見事に男ばっかりだよね、うちのパーティ」

固い肉をかじりながら、ロハスがやれやれと首を振る。

「船長、次は女の子入れようよ。若くて可愛《かわい》くて料理上手で癒し系で、疲れて帰ってくるとにっこり笑って気遣ってくれるような」

「よいですなあ。女性の優しさは必要ですな」

アベルが賛同する。

「私もぜひ女性の参加を求めたいですな。色っぽくてちょっとイヤらしいことが好きだったりするとなおのこと結構です」

一気に話が下ネタに落ち、オウルはがっくりする。

「いやオレは清純な方が萌《も》える……じゃなくて」

ロハスも一応、話を方向転換させようとした。

「あくまで旅の仲間としての話だよ、うん」

「いやいや。大切なことですぞ」

恥じる様子もなく下ネタにこだわるアベル。つくづく神官としての適性に欠けているような気がする。

「そんな女ども、足手まといにしかならねえよ」

オウルは吐き捨てるように言った。ロハスの言う家庭的な女も、アベルの思い描く男好きそうな女も、魔王を倒す旅路には向きそうもない。

「夢を持つのは自由じゃん」

「そうですぞ。希望を持つことは大切です」

二人が口をそろえて反論する。どうしてこいつらはこんなに息が合っているのかとイライラする。

「吟遊詩人の物語には美しく恰好《かっこう》いい女戦士が出てくるではないですか。色っぽい女戦士を求めても良いと思うのです」

どうしてもアベルの発想はそこを離れないらしい。

「そうだよねえ。めちゃくちゃ強いけど、素顔は気の弱い女の子だったりしたら萌えるよねえ」

女性の好みは違うようだが、話だけは合っている。ロハスの顔は幸せそうだ。

「そんな都合のいい女がいるかよ」

オウルはうまくもない肉入りパンがゆをがばがばと食べた。

「女戦士なんか夢物語だよ。戦いになったら男の方が力が強いんだ。わざわざ戦士になって死ぬようなことを選ぶバカはいねえだろ」

「ホント、夢がないなあ。オウルは」

ロハスは恨めしげにオウルを見た。それから何かに気づいたように目を見開く。

「そうか。オウル、女のことで何か辛《つら》い目にあったんだね。わかるよ、どう見てもモテそうにないもんね。悪かったよ、もうお前のいるところで女の話はしないよ」

「そうだったのですか。大丈夫ですぞオウル殿」

アベルがうなずく。

「神は必ずすべての人に救いをもたらします。希望を持って生きていけば、きっといいことがあるでしょう」

「ちょっと待て。なんでそういう結論になるんだよっ」

勝手な推論の上、雑に慰められてオウルは憤慨した。ところがそこで、眠そうな顔で食事をしていたティンラッドが話に入ってくる。

「いるぞ、女戦士。前に私の船に乗っていたことがある」

「おおっ」

ロハスとアベルが色めき立った。オウルの怒りは完全に忘れ去られた。

「船長、どんな人？　美人だった？」

「年のころはどのくらいですかな。胸回りなどは」

他に興味はないのかと思ったが、ツッコむ前にないのだろうと想像がついてしまった。オウルは諦めて食事だけに専念することにした。

「そうだな。胸囲はかなりあっただろう」

ティンラッドの答えに、二人は『うおおおお』と奇声を上げて盛り上がる。

「名前はローズマリー」

ティンラッドは続けた。

「年は知らないが、まあ三十前ではあったようだな。結婚をすると言って船を降りた」

「うら若き乙女だあ。結婚しちゃったのか、残念だなあ」

「船長殿と恋愛などはなかったのですか」

「特にそういうことはなかったな」

ティンラッドは首をかしげる。

「金髪を長く伸ばしていた。緑色の瞳はなかなか美しかったぞ」

「美貌の女剣士」

「夢いっぱいですなあ」

商人と神官は目をキラキラ輝かせて熱心に聞いている。船長は手にした杯から酒を飲み、話を続けた。

「その顔には歴戦の勇者であることを示す一文字の傷痕があり、彼女の力強さを強調していた」

ロハスとアベルは『ん?』となる。

「背は私より頭二つ大きかったか。肩幅も私よりひと回り広く、腕や脚は鍛え抜かれて並の打撃にはびくともしなかった。愛用の武器は鋼鉄の棍棒《こんぼう》で、その一撃は船の帆柱もへし折った」

「ちょっと待って。違う。船長、それ違う」

ついにロハスが悲鳴を上げた。

「求めているのはそういう女戦士ではありませんぞお」

アベルも情けない顔をする。

「なんだ」

ティンラッドはきょとんとした。

「強い女戦士の話が聞きたいんじゃないのか、君たちは」

「ウン、そうなんだけどそうじゃない。そういうんじゃないんだよ、船長」

「そうです。その話には夢も希望もありませんぞ」

がっくりと肩を落とす二人。それにしても、とロハスが呟く。

「よくその人と結婚しようという男が現れたな」

「そうですな。真の勇者ですぞ、その男は」

神官もしきりにうなずいた。

オウルはやけになって飯をくい、バルガスも軽蔑したような表情を浮かべながら黙って食事を続けていた。


食事の片付けが終わったころに、バルガスが立ち上がった。

「君たちの仲間として最初の仕事をしたいのだがね。魔力を回復してもらえるか」

皿を拭いていたオウルは、ちらりとバルガスを見て言った。

「そのクサレ神官にもう一度回復してもらう度胸があるなら頼めよ」

アベルが嬉しそうにバルガスを見る。

「回復ですか。喜んでやりましょう。食事をしましたから一回くらいは神言を唱えることができますぞ」

やはり魔力が少ない代わりに回復は早いらしい。つくづく普通の人間じゃないとオウルは思った。

バルガスはアベルを疑わしそうな眼《め》で眺め、

「すると、つまり彼のあれは」

呟くように言った。

「勝手に出るんだよ、あいつが術を使おうとするとな」

オウルの口調にはいまいましさがにじみ出ている。

「制御不可能なんだよ。運が悪かったな、さっきのはあんたのせいじゃねぇ」

「なるほど」

バルガスはうなずき、戸棚に行って魔力回復薬を取りだして飲んだ。それから黒檀の杖を取り上げてティンラッドの方を見る。

「来るか?」

バルガスの寝台でゴロゴロしていたティンラッドは身を起こした。眠そうだった顔が引き締まる。

「行こう」

その声で、他の面々も後に続いた。


バルガスは隠し通路を使って二層下まで降りた。表の通路に戻ってしばらく歩くと魔物の気配がしてきた。

「魔犬だ」

オウルたちの間に緊張が走る。

「バルガスさーん。あんたの犬でしょ、なんとかしてよ」

ロハスが情けない声を上げる。闇の魔術師は唇を歪め、懐から大きな包みを出した。

「それは?」

ティンラッドが尋ねる。

「餌だ」

バルガスが答える。

通路の角から三匹の魔犬が姿を現すと、彼は包みを投げた。魔物たちはそれに駆け寄り、争いあって食べ始めた。

「魔物化しているが、もとは犬だ。餌をやっていればある程度はこちらを見分けるようになる。だが長居はよくない、今のうちに行くぞ」

言い捨ててすたすたと歩いていく。

「じゃあ、あんたが魔物を従えているっていうのは」

オウルの問いにバルガスは皮肉な笑みを浮かべた。

「見てのとおりだ。連れてきて餌をやっているだけのこと。城門は開けてあるから山でも適当に狩りをしているようだがね。それはそれで私の目的には役に立った」

「そうか」

オウルは納得した。ひとつ謎が解けた。

「じゃあ、魔物を従える術を発見したわけじゃないんだな」

それから別のことに気づく。

「今、『魔物化した』って言ったな。もとは犬だとも。やっぱり魔物は普通の動物が変化したものなのか。それはなぜ……」

勢い込んで聞くオウルに、バルガスは冷たい目を向ける。

「私は話さないと言ったはずだ。自分でたどり着け」

切り捨てる口調に、勝手な野郎だとオウルは思った。都合の悪いことは隠しておくつもりらしい。やはりこのパーティには信用のおける人間は入ってこないのだと腹が立った。

奥まった場所にある扉の前でバルガスは足を止めた。おなじみになった紋様がそこにも赤い顔料で描かれていた。

「ここだ。入れ」

扉を開け、低い声で促す。ティンラッドを先頭に、仲間たちはぞろぞろと中に入った。バルガスが戸を閉めると、内側にも同じ模様が描かれていた。

「戦いの敗者としてひとつだけ教えておこう。私のここでの役目は、国境を封鎖してソエルを孤立させることだった」

皮肉たっぷりの声音で闇の魔術師は言った。

「孤立って言ったって、ここを封鎖しても他にも入国する道はあるだろう」

「手は打ってあるのだろうさ。もっとも砂漠越えの道や間道には手を打つまでもない。魔物の横行で通行は稀《まれ》になっている。ひとりや二人、強運なバカ者が紛れ込んだところでさほどの影響はない」

オウルの疑問に、バルガスは冷たく答える。オウルは横目でロハスとアベルを眺めた。

「海路すら使えなくなりつつある昨今だ、塞ぐべきはこの砦くらいのものだった。連れてきたあの魔犬どもと私の術で、砦の兵は容易く潰走した。その後やることと言えば、ここに居座り犬どもを養って、近づこうとする人間を追い散らすだけだったが」

黒い衣をひらめかせ部屋の中心に向かう。床には大きな魔方陣が描かれていた。

「もうひとつ目的があった。この魔方陣を描き、維持し続けることだ」

薄い唇がまた皮肉な笑みに大きく歪む。

「もっとも誓いの剣が折られた時に込められた魔力が雲散し、もはやこの陣は用をなしていないが。ここを去るにあたって、私自身のケジメとしてこれを破壊しておきたい」

「もう機能してないんでしょ。いいんじゃないの、放《ほ》っといても」

ロハスが言った。

「左様。魔力の無駄遣いでは」

アベルもうなずく。

「あのな。ど素人の商人はおいといて、そこの神官。アホか」

思わずオウルは口を出してしまう。神官と魔術師、術の体系は違っても魔力を利用することでは同じはずなのにどうしてここまで無知なのか。理解に苦しむ。

「今は機能していなくても、しかるべき魔術師がそれなりの方法を取ればまた動かすことが可能ってことだよな」

灰色の瞳で射るようにバルガスを見る。

「そういうことだ」

バルガスはうなずいた。

「だが、だったら破壊することにどれくらいの意味がある。他にわかっている奴がいるなら、もう一度この陣を構築することも可能じゃないのか」

オウルの疑問は魔術師としてもっともなものだったが、バルガスは嗤った。

「一からこの術を発動させようとすればそれなりの手間と生贄《いけにえ》がいる。そう簡単には再構築できん」

それは不穏な言葉だった。闇の魔術師は不愉快な笑い声を立て、床の陣に杖を向けた。

「私がこの場所での仕事を請け負ったのには理由があった。だが術が破れた今ではそれも詮無《せんな》いことだ。この先は約束どおり君たちと共に戦おう。ただそれは私自身の目的にも適うことだと言っておく」

魔力が高まっていく。黒檀の杖が燐光《りんこう》を纏う。

「自分の目的を果たすため、私は過去の自分に訣別《けつべつ》する」

全身の毛がチリチリと逆立つのをオウルは感じた。その瞬間、

「モロット・グローマ！」

呪言と共に雷鳴が轟き、稲光が奔って全員の目を灼《や》いた。物の砕ける音が響き、何かの破片が飛んできて体を傷つける。焦げたにおいが部屋中に漂った。

やがて静けさが戻った時、彼らは石の床が砕けているのを見た。魔方陣は跡形もなかった。

「気は済んだか」

ティンラッドは静かに尋ねた。バルガスは返事をしなかった。

オウルは焼け焦げてあちこちに亀裂が入った石畳を眺めた。陣の描かれていた部分には大穴が開いている。確かにバルガスは力のある魔術師だ。

突然、

「おおおおお」

奇声が聞こえた。何かと思って振り向くと、扉に描かれた紋様を見つめながらアベルが大声を上げていた。

「今の稲光と共に、私は天啓に打たれましたぞ。そうです、これこそが私の使命」

何言ってんだとオウルは思った。本当にアベルときたら何を言いだすか予想がつかない。

「あのな。何を思いついたんだか知らねえが、うるせぇよ、あんた」

冷たく言ったオウルをアベルは睨み、

「思いついたのではありません。思いだしたのです」

と言った。

「思いだしたって、何を」

「だから私の使命です。大神殿の一等神官、ソラベル様から授けられた我が使命」

熱を込めてしゃべるアベルの口から唾が飛んでくるので、オウルは避けた。

「そういえば、前になんだか話してたね」

ロハスが首をかしげる。

「使命があって大神殿を出たんだとかなんとか」

「そうだったな」

言われてオウルも思いだした。てっきり大神殿を追放にでもなったのを隠すための口実かと思っていたのだが。

「大神殿の次の町でいきなり博打にハマって放りだしたっていう、あの使命とやらか」

「その言い方は語弊がありますぞ。私は悪徳にまみれる人々を救済しようと努めたのですが、力足りず失敗してしまっただけなのです」

なんだか言い訳をしているが全力で流す。

「で、それがなんなんだよ」

イライラしながらオウルは聞いた。

「だからこれです」

アベルは扉を叩いた。

「なんだよ」

「これですってば」

もう一度、アベルは扉を示した。

「この紋様です。私はこれを世界に広めるため大神殿を離れ、広い世の中に旅立ったのです。魔物を遠ざける力のあるこの紋様で、苦しむ人々を救うために」

「……はい？」

ロハスがぽかんと口を開けた。

「魔物を遠ざける？　そんなことができるの？」

「できます」

アベルは断言した。

「そのための神言も私は身に付けています。修行しましたからな」

「ホントかよ」

オウルは眉間にしわを寄せた。

「ホントですとも」

疑われるのが心外だと言いたげに、アベルはうなずく。

「私の神言をもってすれば、恐ろしい魔物から人々の暮らしを守ることができるのです」

「聞いたことがない話だな」

バルガスが訝しむように片眉を上げた。

「神殿はそんなことをやっているのかね。君以外にその使命を帯びた者はいるのか」

「おりませんよ」

アベルは胸を張った。

「これは私だけが託された特別の使命なのですから。私はこの混沌《こんとん》の世を救うために遣わされた切り札なのですよ」

誇らしげに言う彼を眺めてオウルとロハスが思うことは、

「そんな使命を帯びて神殿を出たのに今まで忘れ去ってたのかよ」

「サイテーだね」

それに尽きた。


本当なら試しにやってみろという話になった。隠し通路に戻り、裏側に描いてある紋様を使う。

「これはもう力を失っている」

バルガスが言った。

「再び力を宿らせることができると言うなら、ぜひお願いしたい」

その言い方が『できるものならやってみろ』という風に聞こえるのは、バルガスの人徳と言うべきか。

「では御覧に入れましょう」

そして、そんなバルガスの口調にも無頓着なアベル。腕まくりして意気揚々と扉に向かう。

「これはですな、描き順も重要な要素なのです。描き方を間違えると正しく発動しません。ええと、どこからだったかな」

描かれた紋を眺め首をひねる。そのまま考え込んでしまった。

「左上ではないのかね」

バルガスが口を挟んだ。

「はい？」

アベルが顔を上げる。闇の魔術師は仕方なさそうに一点を指した。

「このあたりが描き始めに見えるが」

「おお、なるほど。確かに」

アベルは俄然《がぜん》、元気を取り戻した。

「そうでした、そうでした。ここから描き始めるのです。こうしてこう、こう」

思いだしてきたらしく、軽い動きで模様をなぞっていく。だが合間合間に腕を上げたり振り回したり、足を踏み鳴らしたりと珍妙な動きをするので見ている方は落ち着かない。

「えーっと。それ、何やってんの」

ロハスが呆れて尋ねる。

「これは重要な要素です」

アベルが真面目くさって言った。

「陣の効果を高めるのです。集中が乱れますので見学はお静かにお願いいたします」

そうこうしているうちにアベルは紋様をなぞり終わった。

「では、いきますぞ。パップンポルテ・トッポリーナ・プラポンタ！」

両手に光が集まっていく。当然の結果として背後にルーレットが出現した。

「どうやっても出るんだな、これ」

「やめてほしいよね」

ぼやく二人の言葉には無関係に、『一』のマス目が輝いた。

「む。『一』ですか。残念でしたな」

不服そうにルーレットを眺めるアベルに、

「残念じゃない」

オウルは苦々しい口調で言った。

「十分なんだよ。神官の使う術に賭博要素なんかいらねえから」

「お得感が必要だと思いますがなあ」

呟きながらアベルは両手を振り下ろし、

「神の名のもとに今、力を発揮せよ」

と叫んだ。飛びだした光が紋様に吸い込まれる。一瞬激しく輝いてから、それは脈打つように明滅し始めた。

「なるほど。機能している」

バルガスが半分驚いたような、半分バカにしたような声音で言った。

「大したものだ」

「当然ですな。私は大神殿に派遣された特使なのですから」

皮肉がまったく効かないアベルは、ある意味最強なのかもしれないとオウルは思った。

「すごいな、アベル。ただの妖怪じゃなかったんだね」

驚くロハス。本音が口から洩れている。

「もちろんですとも。さあ、これからはこの力でどんどん悩める人々を救いますぞ」

アベルは調子に乗って言うが、

「もう寝ないか」

ティンラッドがどうでもよさそうに肩をすくめた。


ぞろぞろと狭い通路を歩いてもとの部屋に戻る時、

「もって三ヵ月というところか」

と呟くバルガスの声を、オウルは聞いた気がした。

バルガスの想《おも》い

翌朝、彼らは砦を引き払った。バルガスの荷物は少なかった。

「余計なものは持たない主義でね」

彼は言った。

「けど、この薬品とか本の山はどうするの。バルガスさん」

薬品棚に並んだ瓶を指してロハスが聞いた。闇の魔術師は肩をすくめた。

「おいていくしかないだろう。全部運ぼうと思ったら荷馬車でも必要だが、君たちは徒歩の旅だと言うし」

ふうんとロハスは言った。その顔に邪悪な表情が浮かぶ。

「じゃあ、これはいらないものということになるのかな」

「そういうことになるな」

その言葉を聞いた瞬間、

「だったら、オレがもらったあっ」

ロハスは嬉々《きき》としながら瓶と本を『なんでも収納袋』に放り込みだした。

茫然《ぼうぜん》としているバルガスのため、オウルが説明を引き受けなくてはならなかった。あれがロハスの家宝の魔道具であること。生き物でなければなんでも入るらしいこと。なので全員、かさばる荷物は彼に預けていること。

「すまん。もっと早く説明しておくべきだった」

最後にそう付け加えたオウルに、バルガスは乾いた嗤いを浮かべた。

「なるほど。つまり、このパーティでは仲間内でも用心を怠ってはならないということなのだな。よかろう、だいたい理解した」

おそらくその理解は正しい。そう思うオウルであった。


通路では魔犬に、門前では鬼ガラスに対してバルガスは餌をやる。

「これだけのからくりとはねぇ」

オウルは改めて感心した。

「人間を近づけないようにするにはこれで十分だからな」

とバルガスは言う。確かにそのとおりだろう。合理的と言えば合理的だ。

「バルガスさん、こんなに肉を持ってたんじゃん。昨夜の干し肉サイテーだったよ」

違う観点に目を付けている男がひとり。

「確かに、カラスが食べている方が美味そうですな。それはどうかと」

そしてすかさずその尻馬に乗る男がもうひとり。うぜぇとオウルは思う。

バルガスは獰猛に笑った。

「食べたいのなら少し残しておくが。何の肉か知りたいかね」

その顔に何か不吉なものを感じたのか、ロハスとアベルは全力で首を横に振った。

「いいです。知らなくていい。むしろ教えないで」

「肉はすべてカラスにあげてくだされ。魔物といえど生命、軽く扱ってはいけませんからな」

というわけで鬼ガラスが餌に群がっている間に彼らは森に入った。

目指すはシグレル村である。村に魔除けの封印を施してほしいとバルガスに頼まれ、調子に乗ったアベルは一も二もなく引き受けた。

「けどさあ。あの村にはもともと、魔物は出ないんじゃないの」

ロハスは首をかしげたが、オウルとティンラッドも戻ることに同意したので疑問は立ち消えになった。


数日歩いて村の境界に入ったことを示す道標にたどり着く。

「じゃあ、ここでちょっとやってもらおうか」

荷物を下ろして一息ついた後、オウルが言う。

「何をですか」

アベルが尋ねる。

「例の封印だよ」

オウルは言った。月桂樹の杖で石作りの道標の下部を叩く。

「ここを見ろ。例の紋様が彫り込んであるだろ」

アベルとロハスがのぞき込んだ。

「ホントだ」

「なるほど。ではオウル殿、この森に魔物がいなかったのは何者かが神殿の秘術を使って封印を施していたからだと申されますか」

アベルは不思議そうに聞く。

「私以外にこの秘術を使えるものはいないはず。これはどういうことなのですか」

「俺が知るかよ」

オウルは木で鼻をくくったような返事をした。

「だけど事実、ここにこの紋はあるだろ。村に着いてから失敗しても困るし、練習だと思ってやっておけよ」

「練習など必要ありませんよ。私は大神殿でしっかりと修行を積んできたのですから」

ぶつくさ言うアベル。ついこの前まで使命の内容すら忘れ去っていたくせにとオウルは思ったが、面倒くさいのでツッコまなかった。

「まあ、いいでしょう。オウル殿がそんなにおっしゃるなら少しやっておきましょう」

術をかけようと構えるアベル。それに向かってオウルは声をかけた。

「大丈夫か。しっかりやれよ。間違っても村人の前でゼロとかマイナスとか出すなよ」

「失礼な」

アベルは憤慨して振り向いた。

「マイナスは出たことがないと申し上げたではありませんか。あれは神様のちょっとしたお茶目ですな」

砦の戦いでのことはまったく記憶にないらしい。

「出たんだよ」

「出たよ、思いっきり」

と呟くオウルとロハスであった。

今回のルーレットが指したのは『二』。無難な目である。魔力が回復する前に同じ術を使うとルーレットの倍率が変わってしまうので、アベルは昼寝をするよう強制された。

「昼寝で魔力が回復するって神官もお手軽でいいよねえ」

ロハスがため息をつく。魔力というものはゆっくり休養を取らないと回復しないのが普通なのだが、アベルはあらゆる意味で特別製らしい。

「レベルが上がっても、魔力がほとんど上がらない神官だからな」

オウルもため息をついた。砦の戦いで皆それなりにレベルが上がったのだが、アベルの魔力値には見るべきほどの変動がなかった。それが悪いことなのかよいことなのか、簡単に判断できないことと自体がどうかと思う彼だった。

「これからの話だが」

バルガスが言った。

「私は村に入らない方がいいだろう。顔を知られてしまっているのでね」

冷たい薄ら笑いを浮かべる。

「確かにねえ」

ロハスが言った。

「西の砦を乗っ取った闇の魔術師として顔が売れちゃってる人を連れて村には戻れないなあ」

「だが、それでは君はどうする」

ティンラッドが尋ねた。

「森で野宿でもしているさ。君たちはゆっくりしてくるといい」

バルガスはなんでもないことのように言った。

「だったら俺がこの難儀な御仁に付きあうぜ」

オウルが言った。

「森を歩いている村人に鉢合わせしないとも限らないからな。その時は俺が応対する。あんたは物陰にでも隠れてろ」

「それでは村へ行くのは私とロハス、アベルということになるな」

ティンラッドはあごをなでる。とても不安な顔ぶれだと思ったオウルは、

「お前が最後の砦だ。なんとか騒ぎを起こさずに戻ってこいよ」

とロハスに言い含めた。他に頼れる者がいない現状がものすごく情けなく感じられた。


魔物の出ない穏やかな森の中を歩く。村を囲む魔物除けの生垣が見えてきたあたりでオウルとバルガスは一行から離れ、藪の奥に野宿の準備をした。

「あそこにもまた番人をおかせた方がいいな」

放置されたままの番小屋を遠くから眺めてバルガスが言った。

「村の者にそう忠告してやってくれ」

「必要ありませんよ」

アベルが口をとがらせる。

「何しろ大神殿の三等神官であるこの私が、秘伝の魔物除けの封印を直々に行うのですからな」

闇の魔術師は苦笑した。

「君の実力は身にしみて理解しているが。村を脅かすものは魔物だけではない。たとえば人間の盗賊団に対しては、あの神言は無力なのではないかね」

「それはそうですが」

アベルは多少不服そうに認めた。

「しかし闇の魔術師であるあなたが、なぜそんなことを気にするのです」

「これでも人の子でね。生まれ育った村に多少の情はある」

バルガスは肩をすくめた。

「まあ、いいじゃん。村の人にはお世話になったし、そのくらいの忠告はオレからもするよ」

ロハスが言った。

「盗賊は怖いからねえ。商売の敵だよ。円滑な取引を行うために、あいつらは撲滅されるべきだね」

したり顔で付け加えてから、

「じゃあオレたちは村で可愛い女の子においしいものやうまい酒を給仕してもらってのんびりしてくるけど、二人はそこで味気ない携帯食料でもかじっててね。アベルの魔力だと村の四方に封印するのに二日くらいかかるから、ケンカしないで仲よくやってね」

軽薄に笑ってロハスは船長たちと共に野営地を離れていった。その後ろ姿を見てオウルは、

（あいつ、そのうちシメる）

と思った。

そうして魔術師二人が取り残された。おしゃべりなロハスと何かと騒ぎのもとであるアベルがい

なくなると、互いに話すこともない。

オウルは焚火の前に座り夕食の下準備を始めた。このパーティではなぜか調理役はオウルかロハスのどちらかである。アベルに食材を触らせる気にはならないし、ティンラッドは無頓着だし、バルガスも食事に興味がなさそうだ。自分の方が古株なのにと思わないでもないが、マシなものを食べたければ自分でやるのが確実だし安全だという気もする。得体の知れないものを腹に収めたいと思うほどオウルは粗雑にできていない。

バルガスは自分の荷物を開き、薬草の整理や魔術用具の手入れなどを勝手に始めた。料理がいいにおいをさせ始めるころ、ふとオウルの傍らにおいてある杖に目を留める。

「月桂樹か」

低い声に揶揄《やゆ》するような響きが混じった。

「その印はサルバール師の塔の出か」

オウルはびくりと肩を震わせ、ゆっくりと振り返った。

「そうだ。何か悪いか」

バルガスは人の悪い笑みを浮かべていた。

「別に。私は何も言ってはおらんよ」

オウルはまた背中を向けた。

「言っておくがな。我が師にかけられた嫌疑は根も葉もないことなんだ。信じようが信じまいが勝手だが、門下生は皆あの方の無実を知っている。このパーティでうまくやっていきたかったら、俺の前であの方を誹謗《ひぼう》するようなことは口にするなよ」

ぶっきらぼうに言う。バルガスは唇を歪めた。

「サルバール師は闇の魔術に身を落とした罪で糾弾されたのだったな。無罪を証明できぬままに自ら命を絶ち、塔は閉鎖されたと聞く」

振り返ったオウルの目は激しい怒りに燃えていた。

「あの方はそんなことはしていなかった。誰かに陥れられたんだ」

挑みかかるような言葉に、

「知っている」

静かな声がそう答えた。

「そのとおりだ。サルバール師は陥れられた。私もよく知っている」

嘲笑する形に唇の端が上がる。

「今や闇に身を落とした私が保証する」

しばらく沈黙が落ちた。オウルは相手の真意をはかるように、無表情な顔をじっと見つめる。

「なんでだって聞いても、あんたは答えないんだろうな」

バルガスは肯定するように嗤った。オウルは肩を落とし背中を丸め、また火の方に体を向けた。

「まったく難儀な御仁だぜ。言いたいことだけ言ってこっちから聞くのはご法度。そういうのズルいんじゃないですかね、先達《せんだつ》」

魔術師の都で新参の弟子が年長者を呼ぶ言葉を口にする。バルガスは答えなかった。

「俺の方も一言いいかね」

鍋をかき回しながらオウルは言った。

「村境の石柱にあった魔物封じの紋様。あれ、何だったんだろうな」

「さあな。知らんよ」

バルガスも背中を向けて答えた。

しばらくしてからオウルはまた口を開いた。

「最初から気になっていたんだ。この一帯にだけ魔物がいないのはあまりにも不自然だった。初めに村に入った時、入り口にあの紋様が描かれているのを見つけた。その後、村境の石柱にも同じものを見た。その時は村に伝わるまじないかもしれないとも思った。だが砦の隠し通路の扉すべてに同じものが描いてあったな。それが魔物封じのためとわかってみれば、誰が何のために描いたのかなんて子供の算術より簡単な話だ」

焚火をかき回す。音を立てて火がはぜた。

「あれを描いて使いこなしていたのはあんただ。神殿の秘術を、魔術師のあんたがなぜ使いこなせるのかは知らねえ。だが他に考えようがない。あんたは人間たちを国境から遠ざけるために魔物を使ったが、完全に操ることはできなかった。だから自分の安全を守るため、あの術で自分と魔物たちの生活域に線を引いた。そして同じ方法で生まれた村を守ったんだ」

オウルは体を回して、闇の魔術師の背を灰色の目で見た。

「あんたが国境に現れ、砦を占拠したのが三年前。魔物の数が減りだしたことに村人が気づいたのが二年ほど前。広い範囲で術の効果が出るのにそれだけ時間がかかったと思えば納得できるし、あんたがわざわざ村に顔を出した理由もわかる。村を守るために、あの紋様を刻むために、あんたはどうしても一度あの場所に行かなくてはいけなかった。嫌われているのがわかっていてもな」

バルガスは返事をしない。束ねた黒髪を揺らすこともなく、ただ手元の魔術書の頁《ページ》をゆっくりとめくっている。

「あんたはさ、見せかけてるほど悪人じゃないんだろ。何がどうして闇の魔術師なんてものになったのか聞く気はねえが、そうやって悪ぶってるのも気恥ずかしいからじゃないのか。追いだされた生まれ故郷を守ろうとするあんた自身ってやつがさ」

バルガスがゆっくりと振り向いた。黒い目をむきだして恐ろしげな表情で言う。

「君をここで呪い殺してもよいのだぞ。半端魔術師が口幅《くちはば》ったいことを言うのもいい加減にしろ」

「おお、怖ェ」

オウルは大げさに避ける仕草をして見せた。

「後進をいじめないでくださいよ、先達」

バカにしたように鼻を鳴らし、バルガスはまた背中を向ける。オウルは肩をすくめた。

「本当に難儀な先達だぜ。付きあいにくいな」
聞こえよがしの言葉にバルガスは返事をしない。それに背中を向けて鍋の様子を見ながら、今回の補充は船長にしてはマシな方だったのではないかとオウルは思った。信じられるかどうかはともかく、当座の戦力としてあてになる相手であることは確かである。
少なくとも彼の中ではアベルよりマシだった。

『陸に上がった船長』に、『攻撃呪文の使えない魔術師』、『ごうつくばりの商人』に『クサレ神官』。そこにどうやら『付きあいづらい闇の魔術師』も加わったようだが、それはそれでこのパーティらしい。そう思うオウルであった。

——アベルがなかまにくわわった！——
——バルガスがなかまにくわわった！——

彼らの未来に幸あれ。

ティンラッド
しょくぎょう：せんちょう
レベル三十六

つよさ：二百八十
すばやさ：三百三十五
まりょく：八十九
たいりょく：三百七
うんのよさ：三百四十五
そうび：かたな（しんげつ）　かたな（こうげつ）　かわのどうぎ
わざ：ひっさつ　まざん・せいめいこうげつ　まとつ・りょうあんしんげつ
もちもの：ヒカリゴケのおまもり

オウル
しょくぎょう：まじゅつし
レベル二十二

つよさ：二十二
すばやさ：三十五
まりょく：二百六十
たいりょく：二十六
うんのよさ：四十九
そうび：まじゅつしのころも　げっけいじゅのつえ
もちもの：まじしん　かんそうきょう　ヒカリゴケのおまもり

ロハス
しょくぎょう：しょうにん
レベル十八
つよさ：十七
すばやさ：二十六
まりょく：十四

たいりょく：三十三
うんのよさ：百八
そうび：ヒノキのぼう
もちもの：なんでもしゅうのうぶくろ　ヒカリゴケのおまもり

アベル
しょくぎょう：しんかん
レベル六

つよさ：九
すばやさ：二百八十
まりょく：十七
たいりょく：六十六
うんのよさ：五百
そうび：しんかんふく
わざ：ビックリドッキリルーレット

もちもの：ヒカリゴケのおまもり

バルガス
しょくぎょう：やみのまじゅつし
レベル二十九

つよさ：二百四十二
すばやさ：百九十八
まりょく：七百八十
たいりょく：二百七十五
うんのよさ：三十八
そうび：まじゅつしのころも
もちもの：こくたんのつえ　ヒカリゴケのおまもり

しゅうにゅう
トーレグの町の酒　四シル（五十ニクル×八本）

ヒカリゴケの権利金　　　二シル（一シル×二件）

ししゅつ
シグレル村の宿代　　　三シル六十ニクル（一シル二十ニクル×三人）
食料代（肉・野菜など）　三シル

しゅうしけいさん　　　マイナス六十ニクル

しょじきん
十三ゴル七シル二十ニクル

いっぽうアレフは

北の洞窟を攻略し、魔術師タラバランの研究室に入ったアレフたち。

たくさんの魔術書の中から見つけた日記には、アレフの父の名前と『すまない』というタラバランの言葉が書き遺《のこ》されていた。

質問されたマージョリーは、詳しいことは知らないと言ってからしばらく考え込んだ。

「あなたのお父様は魔術師の都の警備兵として高名な方だった。私の父と友人になったのもあの場所よ。あそこになら、当時のことを覚えている人が残っているかもしれない」

それを聞き、アレフは魔術師の都を目指すことを決意した。

西の砦は魔物に塞がれているという噂を聞き、南に向かって海路から西へ向かおうとする。しかし港町コーリェンで船を出してくれる者は誰もいなかった。海路も魔物の跳梁《ちょうりょう》が激しく船乗りがいなくなってしまったという。


力を落とす三人の前に、港町を手中にせんと企《たくら》む謎の魔術師団が現れた。アレフたちは彼らに立ち向かうことにする。

手を貸してくれるのはコーリェンで最後まで船を動かしていたという伝説の船長の部下だった者たち。ローズマリーという名の屈強な女戦士（強い）と、その夫で音楽師のゲイル（歌って妻の心を癒すだけ）の二人である。彼らと共に、アレフは港町を救えるのであろうか。


これはまた別の話。

宮澤　花（みやざわ・はな）

島根県人の両親を持つ神奈川県育ち。きなこは青大豆派。物語が好きで気が付けばいつも何か書いている。「小説家になろう」に2013年より投稿を開始。本作がデビュー作となる。

レジェンドノベルス
LEGEND NOVELS

最強《さいきょう》船長《せんちょう》と最高《さいこう》に愉快《ゆかい》な仲間《なかま》たち　1

2019年2月5日　第1刷発行

［著者］　宮《みや》澤《ざわ》　花《はな》
［装画］　威未図《いみず》
［装幀］　團　夢見（imagejack）

［発行者］　渡瀬昌彦
［発行所］　株式会社 講談社
〒112-8001 東京都文京区音羽2-12-21
電話　［出版］03-5395-3433
［販売］03-5395-5817
［業務］03-5395-3615

［本文データ制作］　講談社デジタル製作
［印刷所］　凸版印刷 株式会社
［製本所］　株式会社 若林製本工場

N.D.C.913 318p 20cm ISBN 978-4-06-513947-9

レジェンドノベルス
LEGEND NOVELS